COLLECTED POEMS

赫贝特诗集

上

Zbigniew Herbert

[波兰] 兹比格涅夫·赫贝特 / 著

赵刚 / 译

花城出版社
中国·广州

图书在版编目（CIP）数据

赫贝特诗集：全2册／（波）兹比格涅夫·赫贝特著；赵刚译. -- 广州：花城出版社，2018.12

（蓝色东欧／高兴主编. 第4辑）

ISBN 978-7-5360-8662-3

Ⅰ. ①赫… Ⅱ. ①兹… ②赵… Ⅲ. ①诗集-波兰-现代 Ⅳ. ①I513.25

中国版本图书馆CIP数据核字（2018）第303580号

版权合同登记号：图字19-2013-179号

COLLECTED POEMS
Copyright © 2007, The Estate of Zbigniew Herbert
All rights reserved
First edition edited by Ryszard Kezynicki and published by Wydawnictwo a5

出 版 人：	詹秀敏
丛书策划：	朱燕玲　孙虹
出版统筹：	李倩倩　夏显夫　欧阳佳子
责任编辑：	李倩倩　胡百慧
技术编辑：	薛伟民　凌春梅
封面供图：	子夏
装帧设计：	棱角视觉 ANGULAR VISION

书　　名	赫贝特诗集 HE BEI TE SHI JI
出版发行	花城出版社（广州市环市东路水荫路11号）
经　　销	全国新华书店
印　　刷	恒美印务（广州）有限公司（广州南沙经济技术开发区环市大道南路334号）
开　　本	880毫米×1230毫米　32开
印　　张	28.25　4插页
字　　数	550,000字
版　　次	2018年12月第1版　2018年12月第1次印刷
定　　价	138.00元（全2册）

本书中文专有出版权归花城出版社独家所有，非经本社同意不得连载、摘编或复制。
如发现印装质量问题，请直接与印刷厂联系调换。

购书热线：020-37604658　37602954

欢迎登陆花城出版社网站：http://www.fcph.com.cn

赫贝特诗集
上

目 录
CONTENTS

记忆，阅读，另一种目光（总序）／ 高兴 ／ 1
冷峻辞藻下燃烧的道德火焰（中译本前言一）／ 赵刚 ／ 1
灵魂的纤维和良心的软骨（中译本前言二）／ 赛熙军 ／ 1

光弦（1956） ／ 1

两滴 ／ 3
家 ／ 5
告别九月 ／ 6
来自记忆的三首诗 ／ 8
献给倒下的诗人们 ／ 12
白色的眼睛 ／ 14
红云 ／ 15
题词 ／ 17
我的父亲 ／ 19
致阿波里罗 ／ 21
致雅典娜 ／ 24
关于特洛伊 ／ 26
致马可·奥勒留 ／ 29
祭司 ／ 31
关于玫瑰 ／ 33

建筑学 / 36

弦 / 38

看吧 / 40

华沙墓地 / 41

遗嘱 / 43

阿登森林 / 45

妈妈 / 48

颤抖和起伏 / 51

播种哲学 / 52

＊＊＊（沙漏喷洒）／ 54

泛神论者的短诗 / 56

小创世主的麻烦 / 57

关于我们不死的歌谣 / 60

小桌 / 62

冬日花园 / 64

祭坛 / 66

瓦维尔 / 68

关于迈达斯国王的寓言 / 70

希腊花瓶的残片 / 74

胜利女神的踟蹰 / 76

占卜 / 78

代达罗斯和伊卡洛斯 / 80

大地之盐 / 83

阿里翁 / 85

赫尔墨斯、狗和星星（1957）/ 89

诗 / 91

洗礼 / 93

在山谷入口 / 95

触觉 / 98

我想描写 / 100

声音 / 103

阿肯纳顿 / 106

纳芙蒂蒂 / 109

去克拉科夫的旅途 / 111

尖刺与玫瑰 / 114

我们那些死去的亲人在做什么 / 116

寓言 / 119

木槌 / 121

被星星选中的人 / 123

关于现实主义的三项研究 / 125

从不说你 / 128

不正确 / 130

成熟 / 132

白石 / 134

阳台 / 136

有家具的房间 / 138

雨 / 141

自然课老师 / 144

采竹人 / 147

带狮子的麦当娜 / 149

第七个天使 / 151

关于译诗 / 155

粉色的耳朵 / 157

插曲 / 159

灵魂丝绸 / 161

我的城市 / 164

五个人 / 167

生平 / 171

致拳头 / 179

请求 / 180

装饰家 / 181

鼓之歌 / 183

小小鸟 / 185

关于俄国移民的寓言 / 188

如何将我们引进来 / 190

成分 / 193

回答 / 195

致匈牙利人 / 198

| **散文诗** / 199 | 小提琴 / 201

扣子 / 202

公主 / 203

母亲和她的小儿子 / 204

醉汉们 / 205

羽管键琴 / 206

物体 / 207

海螺 / 208

国家 / 209

猫 / 210

小矮人 / 211

水井 / 212

图书馆里的插曲 / 213

黄蜂 / 214

疯女人 / 215

神学家的天堂 / 216

死者们 / 217

地下墓室 / 218

音乐会后 / 219

地狱 / 220

饭店 / 221

七个天使 / 222

小城 / 223

围墙 / 224

战争 / 225

狼和小羊 / 226

关于老单身汉的歌谣 / 227

高塔 / 228

咖啡馆 / 229

熊 / 230

竖琴 / 231

海盗们 / 232

爷爷 / 233

巡道工 / 234

倒叙 / 235

在去德尔斐的途中 / 236

风与玫瑰 / 237

母鸡 / 238

古典学者 / 239

画家 / 240

铁路风景 / 241

赫尔墨斯、狗和星星 / 242

女裁缝 / 243

植物园 / 244

森林 / 245

皇帝 / 246

士兵 / 247

大象 / 248

静物画　/　249

鱼　/　250

斗士的一生　/　251

年轻鲸鱼的葬礼　/　252

伊菲革涅亚的献祭　/　253

微笑办公室　/　254

在橱柜中　/　255

自杀者　/　256

平衡　/　257

熨烫　/　258

来自眼泪工艺　/　259

日本童话　/　260

皇帝的梦　/　261

管风琴师　/　262

月亮　/　263

船长的望远镜　/　264

俄罗斯童话　/　265

恺撒全景观赏器　/　266

客体研究（1961）　/　267

被称为想象的盒子　/　269

来自树上的小鸟　/　271

写作　/　274

全无美感　/　276

在画室　/　278

高更结局　/　281

黑玫瑰　/　284

阿波罗与马西亚斯　/　286

片段　/　289

救援庞贝　/　290

公国 / 291

蒙娜丽莎 / 292

最后的请求 / 296

抽屉 / 299

我们的恐惧 / 301

王朝末日 / 303

他们坐在树上 / 304

来自神话 / 305

公正的秋天 / 306

约拿 / 307

地方总督的归来 / 310

福丁布拉斯的哀歌 / 312

赤裸城市 / 315

分析民族问题 / 317

狗在前头 / 319

星星的父亲们 / 321

尝试描写 / 323

客体研究 / 325

小石头 / 331

海马 / 333

红荆 / 336

显现 / 338

内心之声 / 341

致我的骨头 / 344

天上的钉子 / 346

木块 / 347

教堂老鼠 / 348

烟囱 / 349

舌头 / 350

时钟 / 351

心脏 / 352

魔鬼 / 353

只要不是天使 / 354

灵魂卫生 / 355

小心桌子 / 356

椅子 / 357

当世界止步 / 358

伐木工 / 359

天气 / 360

文字（1969） / 361

序幕 / 363

岛 / 367

下去 / 368

唤醒 / 369

地方 / 370

停留 / 372

＊＊＊（它很新鲜） / 373

告别城市 / 375

小径 / 376

寻常死 / 378

冬日花园 / 380

审判的一些细枝末节 / 382

审问天使 / 384

来自天堂的报告 / 386

伦巴第人 / 388

圣邦瓦琐事 / 389

描写国王 / 391

诗人之家 / 392

马瓦霍夫斯基山谷 / 393

神父和农民 / 394

篱笆 / 395

故乡的魔鬼 / 396

装饰的和真实的 / 398

图斯库卢姆 / 399

科尔努诺斯 / 400

宫殿对面的高山 / 401

岸 / 402

库拉提亚·狄奥尼西亚 / 403

尝试解构神话 / 404

缺少绳扣 / 405

黎明 / 406

她梳理自己的头发 / 407

句点 / 408

手表 / 409

中国壁纸 / 410

遇到灾难时的实用策略 / 411

莱茵河畔大师圈中无名作者描绘的我主受难图 / 412

* * *（我们在词语上入眠） / 413

为何经典 / 415

将会怎样 / 418

记忆，阅读，另一种目光

（总序）

高兴

昆德拉说过："人的一生注定扎根于前十年中。"我想稍稍修改一下他的说法："人的一生注定扎根于童年和少年中。"童年和少年确定内心的基调，影响一生的基本走向。

不得不承认，二十世纪五六十年代出生的人都有着不同程度的俄罗斯情结和东欧情结。这与我们的成长有关，与我们的童年、少年和青春岁月有关。而那段岁月中，电影，尤其是露天电影又有着怎样重要的影响。那时，少有的几部外国电影便是最最好看的电影，它们大多来自东欧国家，几乎吸引了所有人的目光，是我们童年的节日。在某种意义上，甚至可以说，它们还是我们的艺术启蒙和人生启蒙，构成童年最温馨、最美好和最结实的部分。

还有电影中的台词和暗号。你怎能忘记那些台词和暗号。它们已成为我们青春的经典。最最难忘的是《瓦尔特保卫萨拉热窝》。"'空气在颤抖,仿佛天空在燃烧。''是啊,暴风雨来了。'""看,这座城市,它就是瓦尔特。"简直就是诗歌。是我们接触到的最初的诗歌。那么悲壮有力的诗歌。真正有震撼力的诗歌。诗歌,就这样和英雄主义和浪漫主义,紧紧地连接在了一道。

还有那些柔情的诗歌。裴多菲,爱明内斯库,密茨凯维奇。要知道,在二十世纪七八十年代,读到他们的诗句,绝对会有触电般的感觉。而所有这一切,似乎就浓缩成了几粒种子,在内心深处生根,发芽,成长为东欧情结之树。

然而,时过境迁,我们需要重新打量"东欧"以及"东欧文学"这一概念。严格来说,"东欧"是个政治概念,也是个历史概念。过去,它主要指波兰、捷克斯洛伐克、匈牙利、罗马尼亚、保加利亚、南斯拉夫、阿尔巴尼亚七个国家。因此,在当时,"东欧文学"也就是指上述七个国家的文学。这七个国家,加上原先的东德,都曾经是以苏联为首的华沙条约组织的成员。

一九八九年底,东欧发生剧变。此后,苏联解体,华沙条约组织解散,捷克和斯洛伐克分离,南斯拉夫各共和国相继独立,所有这些都在不断改变着"东欧"这一概念。而实际情况是,波兰、捷克、匈牙利、罗马尼亚等国家甚至都不再愿意被称为东欧国家,它们更愿意被称为中欧或中南欧国家。同样,不少上述国家的作家也竭力抵制和否定这一概念。在他们看来,东欧是个高度政治化、笼统化的概念,对文学定位和评判,不太有利。这是一种微妙的姿态。在这种姿态中,民族自尊心也发挥着不可估量的作用。

但在中国,"东欧"和"东欧文学"这一概念早已深入人心,有广泛的群众和读者基础,有一定的号召力和亲和力。因此,继续使用"东欧"和"东欧文学"这一概念,我觉得无可厚非,有利于研究、译介和推广这些特定国家的文学作品。事实上,欧美一些大学、研究中心也还在继续使用这一概念。只不过，今日，当我们提到这一概念，涉及的就不仅仅是七个国家，而应该包含更多的国家：立陶宛、摩尔多瓦等独联体国家，还有波黑、克罗地亚、斯洛文尼亚、塞尔维亚、黑山等从南斯拉夫联盟独立出来的国家。我们之所以还能把它们作为一个整体来谈论，是因为它们有着太多的共同点：都是欧洲弱小国家，历史上都曾不断遭受侵略、瓜分、吞并和异族统治，都曾把民族复兴当作最高目标，都是到了十九世纪末二十世纪初才相继获得独立，或得到统一，第二次世界大战后都走过一段相同或相似的社会主义道路，一九八九年后又相继推翻了共产党政权，走上了资本主义发展道路。之后，又几乎都把加入北约、进入欧盟当作国家政策的重中之重。这二十年来，发展得都不太顺当，作家和文学都陷入不同程度的困境。用饱经风雨、饱经磨难来形容这些国家，十分恰当。

换一个角度，侵略，瓜分，异族统治，动荡，迁徙，这一切同时也意味着方方面面的影响和交融。甚至可以说，影响和交融，是东欧文化和文学的两个关键词。看一看布拉格吧。生长在布拉格的捷克著名小说家伊凡·克里玛，在谈到自己的城市时，有一种掩饰不住的骄傲："这是一个神秘的和令人兴奋的城市，有着数十年甚至几个世纪生活在一起的三种文化优异的和富有刺激性的混合，从而创造了一种激发人们创造的空气，即捷克、德国和犹太文化。"①

克里玛又借用被他称作"说德语的布拉格人"乌兹迪尔的笔为我们描绘了一个形象的、感性的、有声有色的布拉格。这是一个具有超民族性的神秘世界。在这里，你很容易成为一个世界主义者。这里有幽静的小巷、热闹的夜总会、露天舞台、剧院和形形色色的小餐馆、小店铺、小咖啡屋和小酒店。还有无数学生社团和文艺沙龙。自然也有五花八门的妓院和赌场。布拉格是敞开的，是包容的，是休闲的，是艺术的，是世俗的，有时还是颓废的。

---

① 见伊凡·克里玛《布拉格精神》第44页，崔卫平译，作家出版社1998年版。

布拉格也是一个有着无数伤口的城市。战争、暴力、流亡、占领、起义、颠覆、出卖和解放充满了这个城市的历史。饱经磨难和沧桑,却依然存在,且魅力不减,用克里玛的话说,那是因为它非常结实,有罕见的从灾难中重新恢复的能力,有不屈不挠同时又灵活善变的精神。如果要用一个词来形容布拉格的话,克里玛觉得就是:悖谬。悖谬是布拉格的精神。

或许悖谬恰恰是艺术的福音,是艺术的全部深刻所在。要不然从这里怎会走出如此众多的杰出人物:德沃夏克,雅那切克,斯美塔那,哈谢克,卡夫卡,布洛德,里尔克,塞弗尔特,等等。这一大串的名字就足以让我们对这座中欧古城表示敬意。

布拉格如此,萨拉热窝、华沙、布加勒斯特、克拉科夫、布达佩斯等众多东欧城市,均如此。走进这些城市,你都会看到一道道影响和交融的影子。

在影响和交融中,确立并发出自己的声音,十分重要。不少东欧作家为此做出了开拓性和创造性的贡献。我们不妨将哈谢克和贡布罗维奇当作两个案例,稍加分析。

说到捷克作家哈谢克,我们会想起他的代表作《好兵帅克》。以往,谈论这部作品,人们往往仅仅停留于政治性评价。这不够全面,也容易流于庸俗。《好兵帅克》几乎没有什么中心情节,有的只是一堆零碎的琐事,有的只是帅克闹出的一个又一个的乱子,有的只是幽默和讽刺。可以说,幽默和讽刺是哈谢克的基本语调。正是在幽默和讽刺中,战争变成了一个喜剧大舞台,帅克变成了一个喜剧大明星,一个典型的"反英雄"。看得出,哈谢克在写帅克的时候,并没有考虑什么文学的严肃性。很大程度上,他恰恰要打破文学的严肃性和神圣感。他就想让大家哈哈一笑。至于笑过之后的感悟,那就是读者自己的事情了。这种轻松的姿态反而让他彻底放开了。借用帅克这一人物,哈谢克把皇帝、奥匈帝国、密探、将军、走狗等等统统给骂了。他骂得很过瘾,很解气,很痛快。读者,尤其是捷克读者,读得也很过瘾，很解气，很痛快。幽默和讽刺于是又变成了一件有力的武器，特别适用于捷克这么一个弱小的民族。哈谢克最大的贡献也正在于此：为捷克民族和捷克文学找到了一种声音，确立了一种传统。

而波兰作家贡布罗维奇与哈谢克不同，恰恰是以反传统而引起世人瞩目的。他坚决主张让文学独立自主。在二十世纪三四十年代，贡布罗维奇的作品在波兰文坛显得格外怪异离谱，他的文字往往夸张扭曲，人物常常是漫画式的，他们随时都受到外界的侵扰和威胁，内心充满了不安和恐惧，像一群长不大的孩子。作家并不依靠完整的故事情节，而是主要通过人物荒诞怪僻的行为，表现社会的混乱、荒谬和丑恶，表现外部世界对人性的影响和摧残，表现人类的无奈和异化以及人际关系的异常和紧张。长篇小说《费尔迪杜凯》就充分体现出了他的艺术个性和创作特色。

捷克的赫拉巴尔、昆德拉、克里玛、霍朗，波兰的米沃什、赫贝特、希姆博尔斯卡，罗马尼亚的埃里亚德、索雷斯库、齐奥朗，匈牙利的凯尔泰斯、艾什特哈兹，塞尔维亚的帕维奇、波帕，阿尔巴尼亚的卡达莱……如此具有独特风格和魅力的当代东欧作家实在是不胜枚举。

某种程度上，东欧曾经高度政治化的现实，以及多灾多难的痛苦经历，恰好为文学和文学家提供了特别的土壤。没有捷克经历，昆德拉不可能成为现在的昆德拉，不可能写出《可笑的爱》《玩笑》《不朽》和《难以承受的存在之轻》这样独特的杰作。没有波兰经历，米沃什也不可能成为我们所熟悉的将道德感同诗意紧密融合的诗歌大师。但另一方面，需要注意的是，由于语言的局限以及话语权的控制，东欧文学也极易被涂上浓郁的意识形态色彩。应该承认，恰恰是意识形态色彩成全了不少作家的声名。昆德拉如此，卡达莱如此，马内阿如此。赫尔塔·米勒亦如此。我们在阅读和研究这些作家时，需要格外地警惕。过分地强调政治性，有可能会忽略他们的艺术性和丰富性。而过分地强调艺术性，又有可能会看不到他们的政治性和复杂性。如何客观地、准确地认识和评价他们，同样需要我们的敏感和平衡。

一个美国作家，一个英国作家，或一个法国作家，在写出一部作品时，就已自然而然地拥有了世界各地广大的读者，因而，不管自觉与否，他，或她，很容易获得一种语言和心理上的优越感和骄傲感。这种感觉东欧作家难以体会。有抱负的东欧作家往往会生出一种紧迫感和危机感。他们要用尽全力将弱势转化为优势。昆德拉就反复强调，身处小国，你"要么做一个可怜的、眼光狭窄的人"，要么成为一个广闻博识的"世界性的人"。别无选择，有时，恰恰是最好的选择。因此，东欧作家大多会自觉地"同其他诗人，其他世界，和其他传统相遇"（萨拉蒙语）。昆德拉、米沃什、齐奥朗、贡布罗维奇、赫贝特、卡达莱、萨拉蒙等等东欧作家都最终成为"世界性的人"。

关注东欧文学，我们会发现，不少作家，基本上，都在出走后，都在定居那些发达国家后，才获得一定的国际声誉。贡布罗维奇、昆德拉、齐奥朗、埃里亚德、扎加耶夫斯基、米沃什、马内阿、史克沃莱茨基等等都属于这样的情形。各种各样的原因，让他们选择了出走。生活和写作环境、意识形态、文学抱负、机缘等，都有。再说，东欧国家都是小国，读者有限，天地有限。

在走和留之间，这基本上是所有东欧作家都会面临的问题。因此，我们谈论东欧文学，实际上，也就是在谈论两部分东欧文学：海外东欧文学和本土东欧文学。它们缺一不可，已成为一种事实。

在我国，东欧文学译介一直处于某种"非正常状态"。正是由于这种"非正常状态"，在很长一段岁月里，东欧文学被染上了太多的艺术之外的色彩。直至今日，东欧文学还依然更多地让人想到那些红色经典。阿尔巴尼亚的反法西斯电影，捷克作家伏契克的《绞刑架下的报告》，保加利亚的革命文学，都是典型的例子。红色经典当然是东欧文学的组成部分，这毫无疑义。我个人阅读某些红色经典作品时，曾深受感动。但需要指出的是，红色经典并不是东欧文学的全部。若认为红色经典就能代表东欧文学，那实在是种误解和误导，是对东欧文学的狭隘理解和片面认识。因此，用艺术目光重新打量、重新梳理东欧文学已成为一种必须。为了更加客观、全面地翻译和介绍东欧文学，突出东欧文学的艺术性，有必要颠覆一下这一概念。蓝色是流经东欧不少国家的多瑙河的颜色，也是大海和天空的颜色，有广阔和博大的意味。"蓝色东欧"正是旨在让读者看到另一种色彩的东欧文学，看到更加广阔和博大的东欧文学。

二〇一三年十月三十一日定稿于北京

主编简介：高兴，诗人、翻译家，一九六三年出生于江苏省吴江市。中国作家协会会员。现为中国社会科学院外国文学研究所研究员，《世界文学》主编。曾以作家、翻译家、外交官和访问学者身份游历过欧美数十个国家。出版过《米兰·昆德拉传》《东欧文学大花园》《布拉格，那蓝雨中的石子路》等专著和随笔集；主编过《二十世纪外国短篇小说编年·美国卷》（上、下册）、《伊凡·克里玛作品系列》（5卷）、《水怎样开始演奏》《诗歌中的诗歌》《小说中的小说》（2卷）等大型图书。主要译著有《梵高》《黛西·米勒》《雅克和他的主人》《可笑的爱》《安娜·布兰迪亚娜诗选》《我的初恋》《索雷斯库诗选》《梦幻宫殿》《托马斯·温茨洛瓦诗选》等。

冷峻辞藻下燃烧的道德火焰

（中译本前言一）

赵刚

一

二〇一八年九月二十六日至二十七日，在法国里尔大学召开了一次名为"兹比格涅夫·赫贝特——天赋之诗"的国际学术研讨会。来自波兰、英国、瑞士、加拿大和法国本地的专家、学者会聚一堂，交流各自的翻译和研究心得，以此向二十世纪波兰最伟大的诗人之一——兹比格涅夫·赫贝特致敬。这也是二〇一八年为纪念这位伟大诗人逝世二十周年，在全球范围内举行的一系列纪念活动之一。在法国这样一个文学大国，隆重举行纪念一位当代波兰诗人的国际会议，足见法国人对赫贝特的尊重与推崇。

我作为赫贝特作品的中文译者，也是唯一的中国代表参加了这次会议并宣读了论文。会议的发起者布理吉蒂·高迪埃是里尔大学教授，长期从事赫贝特作品的法文翻译和研究。我们相识于二〇一六年，那时，在波兰举行的一次会议期间，我们曾一同接受一家波兰电视台的专访，采访的主题就是赫贝特。

里尔会议结束当晚，高迪埃教授邀请部分与会学者到里尔老城的一家餐馆小聚。仲秋时节，里尔的夜晚已略感凉意。在餐厅门口的街边，临时拼成的一溜长桌，几把简单的木椅，一人一杯本地酿造的扎啤，话题扯开，天南地北，但文学、波兰、赫贝特，无疑是那晚畅谈的高频词。某一个瞬间，突然有一种恍若隔世之感：一些来自世界不同角落、曾经彼此毫不相干的人，在这样一个秋天的夜晚，坐在一个法国城市的街边，谈论着一位波兰诗人的种种，多少冥冥之中的偶然性彼此交结、碰撞，才会导致这一刻的到来。不禁令人感慨于人世难以言说的奇妙。

而就我个人而言，若非当年一念之差选择波兰语作为自己的大学专业，那么如今，什么赫贝特、波兰文学，这一切则不仅与我毫不相干，而且必定是闻所未闻，形同陌路的了。然而此刻回想，能被无数的偶然推至这个法国街头的夜晚，我心怀感念。因为正是这些偶然，使我成为国人中少数能够用赫贝特思考和创作时所使用的语言，直接去触摸诗人的思想和心灵，与诗人进行跨国界、跨时空、跨文化对话的人之一。更幸运的是，我能成为赫贝特诗歌的中文译者，将这位诗人的作品介绍给中国读者。这就不仅是一份幸运，而更是一份荣誉和一种责任。

其实，我始终认为，翻译外国文学经典著作是一种机缘，对每一位翻译者来说都是一件幸事，也是一件难事。每个民族都有自己的语言大师，有自己的经典著作，分别代表这个民族在语言、文化和思想层面的最高成就。而译者在本民族语言掌握程度、知识广度、思想深度等方面，都未必能达到原作者在其文化圈中所处的地位。这就形成一种不对等的状态，一种巨大的落差，需要译者以自身不懈的努力，去努力弥合这道落差。遗憾的是，这种努力未必总能成功。

翻译赫贝特的诗始于二〇〇八年，那一年是赫贝特逝世十周年，被波兰议会确定为"赫贝特年"。为此，北京外国语大学与波兰驻华使馆合作，在北京外国语大学举办了一次"赫贝特诗歌之夜"的活动。为准备这次活动，我翻译了二十余首赫贝特的诗，供学生们阅读。我与赫贝特的对话也就此开始。而这场对话一谈就是十年。其间，我曾在《当代国际诗坛》和《花城》等书刊上陆续发表翻译过的一些赫贝特的诗；我翻译的赫贝特散文集《海上迷宫》也连同易丽君、张振辉先生翻译的《带马嚼子的静物画》和《花园里的野蛮人》一起，被花城出版社纳入"蓝色东欧"译丛出版。如今，在诗人逝世二十周年之际，《赫贝特诗集》的中文版即将付梓，令人倍感欣慰。但我相信，我与赫贝特的十年对话，不会就此结束。

赫贝特是二十世纪后半叶波兰最杰出的几位诗人之一，曾经被认为是最有希望获得诺贝尔文学奖的波兰文学家之一，也是在当今波兰不同社会阶层中影响最为广泛的诗人之一。二〇一六年十月，波兰副总理兼波兰科学与高等教育部长雅罗斯瓦夫·戈文先生访华期间，听说我正在翻译赫贝特的诗集，立刻说自己是赫贝特诗歌的爱好者和忠实读者，非常高兴中国将翻译出版赫贝特的诗。在访华结束后不久，副总理先生还专门托人转交给我两本新出版的赫贝特作品集，令我倍受感动。而在平时的交往中，几乎每个波兰人在提到赫贝特时，也都仿佛说到了自己的导师、自己的偶像般肃然起敬。那么，这到底是怎样一位诗人？

二

一九二四年十月二十九日，赫贝特出生于利沃夫城。今天的利沃夫是乌克兰西部一座重要城市，是西乌克兰的政治、经济、文化和教育中心。然而在历史上，从一三八七年到一七七二年将近四百年的时间里，这座城市曾长期由波兰管辖。一七七二年，波兰第一次被俄罗斯、奥地利和普鲁士瓜分，利沃夫被划归奥地利，成为奥匈帝国属下加利西亚地区的首府，但同时仍是波兰科学、教育和文化的中心。一九一八年第一次世界大战结束，波兰重获独立。利沃夫成为波兰与刚刚宣布独立的西乌克兰人民共和国之间领土争端的焦点之一。经过反复争夺，一九二〇年波兰终于恢复了对利沃夫地区的统治。利沃夫也迅速发展为波兰第三大城市和第二大科学文化中心。一九三九年第二次世界大战爆发，利沃夫先是被苏军占领，之后被德军占领，然后又被苏军占领。直至"二战"结束，根据《雅尔塔协定》，利沃夫成为苏联的一部分，大批的波兰居民被迁往波兰西部从德国获得的土地上。二十世纪九十年代初，苏联解体、乌克兰独立，利沃夫成为乌克兰西部的重要城市。这座城市动荡曲折的历史，折射出整个东欧地区各民族在大国角力的背景下，遭受的深重苦难和独有的碎片化的历史叙事。而这一切对于像赫贝特这样具有强烈历史意识的诗人来说，无疑会产生深远的影响。

赫贝特的家族来自英国，他诗歌中那种盎格鲁－撒克逊式的矜持大概与其身上英国人的血脉不无关联。然而终其一生，赫贝特始终把波兰看作自己唯一的祖国。赫贝特的父亲名叫博莱斯瓦夫，在"一战"期间曾随毕苏茨基将军领导的波兰军团作战。博莱斯瓦夫的母亲，也就是赫贝特的祖母是亚美尼亚人。关于祖母和她的亚美尼亚血统，诗人曾在一篇题为《奶奶》的诗中有所提及。

"二战"爆发前，赫贝特开始在利沃夫的一所国立中学就读，接受了比较传统的基础教育。但好景不长，战火开始践踏这片饱经风霜的土地。这在十几岁的赫贝特心中留下了难以磨灭的印记。"二战"期间，赫贝特一边在地下学校坚持学习，一边参加了波兰流亡政府领导的地下抵抗组织——国家军。关于那段经历，诗人在题为《生平》的诗中写道：

  校工拿着大铃铛跑出来
  大张着嘴巴

摇响了火灾的警铃

画面彻底颠覆
……
一些全副武装的男人
跑进男孩们玩耍的庭院
大搜捕开始
有些人成功逃脱
逃进森林里
继续做着游戏
扮演军警和匪徒

  在利沃夫被德国人占领期间，赫贝特一边学习，一边从事各种工作，其中包括在鲁道夫·维格尔教授生产斑疹伤寒疫苗的研究所里做健康跳蚤的人体宿主，在五金商店里做售货员，等等。一九四三年，赫贝特在地下学校完成了中学课程，并通过了毕业会考。之后，他开始在"地下大学"——杨·卡吉米日大学攻读波兰语言文学专业。
  一九四四年三月底，在苏军即将攻入利沃夫前，赫贝特离开故乡，前往位于波兰南部的克拉科夫，并很快与当地的地下抵抗组织——国家军取得了联系，继续参加反纳粹的活动。克拉科夫是波兰古都，人文荟萃之地。在那里，他一边在经贸学院学习经济，一边去雅盖隆大学和美术学院听课。一九四七年，赫贝特获得了经贸学院的文凭，随后前往位于波兰中部的托伦，在当地的哥白尼大学攻读法律专业。一九四九年，赫贝特获得了托伦哥白尼大学的法学硕士学位。同年，他被托伦哥白尼大学哲学系接收为二年级学生。在哲学系，他碰到了一位后来对他影响深远的老师——亨利克·艾尔赞贝格教授。亨利克·艾尔赞贝格教授为人正直、学识渊博，主要从事伦理学、美学和哲学史研究，同时还专注于格言警句的研究。他在价值论方面的研究独树一帜，对"价值"的概念、"善"与"美"的区别都有过很深刻的论述。此外，他对古罗马皇帝兼作家、哲学家马可·奥勒留的研究也颇有建树。这些在赫贝特后来的诗歌和散文创作中，都留下了显著的印记。赫贝特晚年曾专门作过一首题为《致亨利克·艾尔赞贝格百年诞辰》的诗，纪念这位影响自己一生的导师。

　　假如没有遇见你，我会成为什么人——我的导师，亨利克
　　这是我第一次对您直呼其名
　　带着归属于那些高大身影的虔诚与尊敬

　　可能终其一生，我都是个可笑的男生
　　总是在寻找
　　拘谨寡言、自惭形秽
　　懵懵懂懂

　　我们生活的时代，的确只是痴人说梦
　　充满了喧闹和暴行
　　你严厉的平和、细腻的力量
　　教会我如何苟活于世，像一块会思想的石头
　　坚韧冷漠又不乏柔情

　　根据《雅尔塔协定》，波兰东部大片地区在战后让给苏联，而德国向波兰割让其东部领土。大批原本生活在波兰东部地区的人民，被迫迁往波兰西部的新获土地。一九四六年，赫贝特的父母就是随着这批移民从利沃夫迁到了波兰北部海滨城市索波特。一九四八年，赫贝特来到索波特与父母团聚。在此期间，他做过各种各样的工作，包括在格丁尼亚波兰国家银行工作，编辑《商业概览》，在波兰文学家联合会格但斯克分会办公室工作等。

一九四九年，赫贝特离开父母所在的索波特，回到托伦一边学习，一边工作。一九五一年秋，他来到了波兰首都华沙，在华沙大学继续攻读哲学专业。赫贝特复杂的学习经历，在今天看来几乎是不可想象的，这一方面由于战争及战后相对混乱的教育现状造成，另一方面也源于赫贝特本人广泛的学术兴趣和对知识本能的追求。哲学、伦理学、美学、艺术学、语文学、经济学、法学，所有这些学科叠加在一个人头上，必定产生了某种复杂的化学反应，再加上天赋的诗才，从而造就了赫贝特这样一位独具魅力的诗人。

战后初期的华沙仍然是百废待兴。由于战争的破坏，居民住房十分紧张。在华沙最初的几年，赫贝特的生活境况十分窘迫。他尝试以写作为生，但主要写一些剧评、音乐评论、展览报道等，发表在一些不见容于当局的比较小众的刊物上。随着这些刊物被一一关闭，他的生活愈加困难。他只能与很多人合住在一间地下室里，尝试从事各种工作，甚至一度不得不以卖血为生。这种情况一直持续到风云变幻的一九五六年。

一九五六年，他的第一部诗集《光弦》出版，立刻声名鹊起。这也使得赫贝特跻身于维·希姆博尔斯卡、塔·鲁热维奇、塔·诺瓦克等人所构成的波兰"56代诗人"之列。这一批诗人是在波兰政治生活解冻的大背景下产生的，即所谓的"当代派"，对整个二十世纪后半叶的波兰文学产生了举足轻重的影响。文学上的成功给赫贝特带来了生活条件的改善。一九五七年，他从波兰文学家联合会获得了一处很小的房子，而文联提供给他的一百美元奖学金，使他实现了第一次出国旅行。

一方面出于对地中海文明的痴迷，另一方面出于对波兰国内灰暗现实的厌烦，赫贝特将旅行变成了自己的一种生活状态和生活方式。从二十世纪五十年代中后期开始，赫贝特就不断穿行于波兰与欧美各国之间。这些旅行不仅为他的创作提供了取之不尽的创作素材，也不断提供给他新的视角，激发他新的思考。

但有意思的是,与米沃什不同,赫贝特从未真正决心移居国外,而只是满足于不断开始新的旅行。实际上,从今天的角度看,赫贝特的旅行往往是真正意义上的"穷游"。他旅行所需经费的来源非常有限,常常是获奖的奖金,或者参加诗会的酬劳等临时性收入。然而,旅行让他能够近距离接触外部世界,深入体验欧洲古代文明和当代西方社会生活的方方面面。一九五八年至一九五九年,赫贝特先后造访了奥地利、法国、英国和意大利,旅行时间长达一年以上。一九六三年秋,他再度前往英国,十二月转往巴黎。次年一月在巴黎波兰图书馆领受了科希切尔斯基奖。一九六四年夏,他在意大利和希腊度过了两个月的时光,之后转道法国回国。次年,他成为《诗歌》编辑部的成员。

下一次出国的机会是一九六五年十月去奥地利维也纳领取莱瑙奖。与此同时,他还成为了西柏林艺术学院以及慕尼黑巴伐利亚美术学院的成员。在奥地利,他一直待到一九六六年春。之后从一九六六年六月到一九六七年九月,赫贝特在法国长住。之后他前往德国,沿途游览了荷兰和比利时。一九六八年三月二十九日,赫贝特与卡塔日娜·捷都什茨卡在波兰驻法国领事馆举行了婚礼。婚后不久,赫贝特应美国诗会的邀请访问美国,访问了纽约、加利福尼亚、新墨西哥、新奥尔良、华盛顿和洛杉矶等地。在访美期间,恰逢他的诗集英译本在当地出版,引起美国文学界的广泛关注。这本诗集由波兰著名诗人、一九八〇年诺贝尔文学奖得主切斯瓦夫·米沃什亲自翻译,无疑也成为了米沃什和赫贝特之间深厚友谊的宝贵证明。

在美国期间,赫贝特在纽约、伯克利和洛杉矶等地都曾发表演讲。此后直到一九七一年,赫贝特往返于美国和欧洲之间,并在一九七〇年至一九七一学年担任美国洛杉矶国立大学的客座教授。此时,赫贝特已经成为一位具有世界影响力的波兰诗人。

一九七一年秋,赫贝特回到波兰,寄住在华沙的一个朋友家中。一九七二年,他成为波兰文学家联合会成员,并且开始参与一些政治活动，例如签署了著名的《17人公开信》。这一年，他还加入了波兰笔会。一九七三年，赫贝特前往维也纳领取赫尔德奖，之后前往希腊度假。一九七三年到一九七四年，赫贝特在格但斯克大学任教。一九七四年，他就波兰人在苏联的权利问题起草了《15人信》；一九七五年十二月，他签署了著名的《59人备忘录》。一九七五年至一九八一年，他再次到国外居住，主要住在德国、奥地利和意大利等地。

二十世纪八十年代初，赫贝特回到波兰。这时候的波兰正是社会矛盾激化，团结工会风起云涌之际。一九八六年，赫贝特移居巴黎。一年后，他成为美国艺术暨文学学会成员。一九八九年之前，赫贝特就被授予了波兰复兴骑士十字勋章。一九九一年五月，他获得耶路撒冷文学奖，让他有机会到以色列进行了一次短暂的旅行。

一九九一年，赫贝特回到华沙。这时他的健康状况已经每况愈下，但强烈的使命感和对正义的追求，使他始终关注弱者、为被压迫者奔走呼号。同时，二十世纪九十年代转轨后波兰社会出现的种种问题，也让诗人对很多问题进行了更加深刻的反思。

一九九四年，诗人坐着轮椅完成了自己最后一次出国旅行——去荷兰参加"新教堂郁金香展"。赫贝特患有严重的哮喘，说话困难，在生命的最后几年，他重病缠身，长期卧床。但尽管如此，他仍勤奋工作，诗集《风暴尾声》在他去世前几个月出版。

一九九八年七月二十八日，兹比格涅夫·赫贝特在华沙病逝，享年七十四岁。七月三十日，时任波兰总统亚历山大·克瓦希涅夫斯基决定向他追授波兰国家最高勋章——白鹰勋章，但他的遗孀卡塔日娜却拒绝领取该勋章。直到九年后，二〇〇七年五月三日，波兰下一任总统莱赫·卡钦斯基再次决定向赫贝特追授白鹰勋章时，他的遗孀和女儿才领取了奖章。二〇〇七年六月二十八日，波兰共和国众议院决定，将二〇〇八年确定为"赫贝特年"。

三

赫贝特的主要创作体裁包括诗歌、散文和剧本。在诗歌创作方面，诗人一生共出版了九本诗集，分别是《光弦》（1956）、《赫尔墨斯、狗和星星》（1957）、《客体研究》（1961）、《文字》（1969）、《科吉托先生》（1974）、《〈来自围城的报告〉及其他诗》（1983）、《离别的挽歌》（1990）、《罗维戈》（1992）、《风暴尾声》（1998）。

说到赫贝特的诗歌特色，最引人注目的无疑是他对于欧洲古代文明的不懈挖掘。古希腊、古罗马的神话传说、英雄人物、重大事件，在他的作品中都是信手拈来，运用自如。然而，诗人以历史人物、历史事件为题材入诗，既不是为炫耀古典文化知识之广博，也绝不仅是为发"故垒萧萧芦荻秋"的吊古幽思。他在努力对这些古代神话和历史人物进行赫贝特式的解构，剥离它们外面层层附着的历史迷雾和故意伪装，努力还原人物和事件的本质。在他的作品中，历史并非某种遥远和封闭的东西——那些在他笔下复活的形象和重现的事件，使我们可以重新审视历史，进而更好地理解现实。在赫贝特那里，历史成为现实的尺度。

赫贝特深知，历史是由胜利者书写的，而胜利者书写的历史，最多只能算作胜利者眼中的历史，绝非真正的历史。赫贝特恰恰善于从那些有意无意间被忽略，但却往往能透露出重要历史信息的细节中，挖掘出历史的另一副面目。读赫贝特的作品，我们很难说他有一个什么样系统的历史观。恰恰相反，他显然不喜欢那些貌似能够解释一切的体系化的东西，也不愿意尝试用某种框架去阐释历史发展进程。他认为，关于历史我们所能够说的，就是那些可以直观看到的。除此之外，我们都应怀有必要的谨慎。那么是否可以认为，赫贝特陷入了怀疑论或者历史虚无主义的泥沼呢？我想那绝对是一种误读。尽管不是一位真正的历史学家，但赫贝特对于历史的态度，恰恰是绝大多数人在阅读历史和讲述历史时所缺乏的求真态度。在一首题为《李维之变迁》的诗中，作者写道：

> 直到我的父亲和追随他的我
> 读着李维反李维
> 认真研究壁画下面隐藏的东西
> ……

恰恰由于这种尝试找到"壁画下面隐藏的东西"的态度，赫贝特发现了光鲜的历史书写之下，隐藏的尽是人性中的恶。当然，这种对恶的认知，在赫贝特那里绝非仅来自对历史的探究。诗人个人的经历，其所生活的国家和时代所经历的一切，都不能不让他对恶和作恶者进行深入的思考，并勇敢地亮出自己的态度。人性中的恶、历史中的恶，并未使诗人陷入悲观、消极的境地。他深知，个体在历史面前微若纤尘，不足为道。但即便如此，仍有一小部分人应该无所畏惧，勇敢前行。诗人要求人们挺直脊梁、不屈服、不妥协。在他眼中，刚直不阿的态度可能什么也改变不了，但至少能避免一个人在现实面前虚弱地倒下。这些态度固然是诗人面对波兰社会现实所做出的人生选择，然而，无论东方还是西方，这样的态度又何尝不是人类、特别是知识分子所共同推崇的价值观和人生态度呢？在题为《品位的力量》一诗中，赫贝特写道：

> 这并不要求很伟大的人格
> 我们的拒绝、异议与执着
> 我们有过一点必要的勇气
> 然而实际上这只是品位问题
>   是的，品位
> 包含灵魂的纤维和良心的软骨

然而，诗人深知，在这样一个非英雄的时代，追求真理的英雄不仅可能受难，而且可能面临被鄙夷、被嘲笑的境遇。历史的多元化书写，权力对真理的压制，语言的多义性，都造成善恶之间的界限正在变得漶漫不清。恶不再总是以恶魔的形象出现，善也未必总能得到应有的尊重。而在这种情况下仍能看清恶，并甘冒被误解、被嘲讽的风险，保持自己对使命的忠诚，对善的追求，那才是最值得敬佩的行为。在另一首题为《科吉托先生的寄语》的诗中，作者更加直接地告诫人们：

> 当上天的光芒指示你——起来，走吧
> 只要你胸中还有黑暗作祟，你就要警惕
>
> 重复人类古老的诅咒、童话和传说
> 这样你能获得难以企及的善
> 重复那些伟大的话语，一刻不息
> 恰如那些最终葬身沙海的孤旅
>
> 而人们对你的奖赏也许不值一提
> 或是讥笑，或是鄙夷的抛弃
>
> 走吧，只有如此，你才能跻身那些逝者之列
> 你的先辈有：吉尔伽美什、赫克托、罗兰
> 他们曾守卫化为灰烬的城市和帝国无边的疆域
>
> 去吧，你要忠诚

尽管有这样一些激动人心的诗句，但在大部分作品中，赫贝特更像是一位终日静思默想的哲人，保持着某种带有距离感的矜持，对世

事冷眼旁观，甚至透出些许反讽和轻蔑。他在诗歌中，创造了一个对整个波兰当代文学来说都是独一无二的诗歌主人公——科吉托先生。一九七四年，赫贝特的诗集《科吉托先生》出版，"科吉托先生"这一诗歌主人公随之诞生。从此，"科吉托先生"这一形象经常出现在诗人的笔下，赫贝特也时常被称为"科吉托先生缔造者"。"科吉托"一词来源于笛卡尔的名言"Cogito ergo sum"（我思故我在），因此"科吉托先生"也可译为"我思先生"。赫贝特笔下的科吉托先生是一位孤独的、有点儿守旧的知识分子形象，一个完全生活在自己世界里的现代人。他把自己的一生都用于思考，尤其对人类的存在、善恶的根源、道德的准则等重大问题进行形而上的思考。科吉托先生还是一位机敏的讽刺家，他将简洁的语言与深刻的人文思想相连接，对世界表现出一种深深的不信任感、反讽和始终保持理智的态度。在科吉托先生身上，既可以看到赫贝特本人的影子，也可以看到一大批波兰知识分子在经历过二十世纪纷繁复杂的历史之后，所经常持有的人生态度。

"即便只在一首诗中描述了自己同时代人们的集体命运，那么就可以说，这位诗人完成了自己的终生使命。而这个小册子就至少有好几首这样的诗……"波兰当代著名作家、诗人斯塔尼斯瓦夫·巴兰查克在读到赫贝特的诗集《〈来自围城的报告〉及其他诗》后曾这样写道。但在赫贝特的作品中，无疑很多都代表了整整一代人的共同经历和集体命运。无论是战争题材的作品或反映战后波兰灰暗沉闷现实的作品，还是鼓励人们挺起傲骨、保持人格的作品，都反映了整个二十世纪后半叶一大批波兰人的人生境遇和精神体验。从这个意义上讲，赫贝特超额完成了他作为一个诗人的使命。

赫贝特努力从芸芸众生的角度看待世界。他希望以自己宽广的视野，既看到阶梯的最底层，也看到阶梯的最高处。正是由于这种宽广而深邃的视野，使得兹比格涅夫·赫贝特成为一位在波兰和世界上都享有盛誉的诗人。遗憾的是，尽管曾获得多项具有世界影响的重要文学奖项，也曾多次获得诺贝尔文学奖的提名，但由于种种原因，赫贝特始终与"诺奖"失之交臂。这对许多认为赫贝特的诗代表了他们一代人集体命运的人们来说，不能不说是一件憾事。

四

翻译赫贝特的诗，对我来说是一个巨大的挑战。这种挑战既来自于两种语言和其各自所承载的文化之间的巨大差异，也来自于诗人努力将自己的思想用各种文学手段包裹、隐藏起来。诗中大量的古典文化元素，发挥着对比、隐喻、影射、暗讽的功能。没有坚实的波兰乃至欧洲文化积淀，要完成这种解码工作，是非常困难的。幸运的是，在翻译赫贝特的过程中，本人得到了很多波兰学者的鼎力相助，这包括赫贝特研究的专家达奴塔·奥帕茨卡－瓦拉塞克教授以及萨比娜·斯特鲁吉克博士、雅格娜·马莱伊卡博士、安杰伊·鲁舍尔博士等。

除此之外，这本书能够顺利出版，还得到了很多人的关照与支持。中国作协副主席吉狄马加先生始终关心诗集的翻译和出版工作；《世界文学》主编，同时也是"蓝色东欧"译丛的主编高兴先生对诗集的翻译工作给予了高度关注和大力支持；波兰驻华大使赛熙军先生在得知诗集即将出版后，欣然允诺为诗集中文版作序，凡此种种无不让我备受鼓舞。更有不少译界同仁和诗界好友不断鼓励、督促我的翻译工作，让我每每在百转愁肠、难觅佳句之际，不致知难而退、半途而废。还要感谢我的恩师易丽君教授在这本诗集翻译过程中给予的帮助和指导，感谢花城出版社的领导和编辑们严谨笃实、追求卓越的工作态度。

如今这本诗集终于呈现于中国读者面前，我内心忐忑，自不待言。唯自忖已尽所能，未曾丝毫懈怠，而才有不逮，则非勤奋所能补也。是故盼各位读者品读之余，不吝赐教！

灵魂的纤维和良心的软骨

（中译本前言二）

赛熙军

"我被赋予的是一个编年史家的次要角色。"一九八二年冬，兹比格涅夫·赫贝特曾这样写道。其言语中既显露出人在历史面前的虚弱无力，同时又流露出强烈的责任感，即无论环境如何，都应诚实地记述环绕我们的周遭世界。

他所属的那一代波兰人，曾经悲惨地体验了二十世纪的两场风雨。面对艰难的道德选择——是同流合污，还是不计后果地勇敢反对——他选择了一个独立观察者和评论者的态度。为此，他承受了艺术上的寂寂无闻和物质上的穷困潦倒。然而他并不把自己的毫不妥协看作是英雄主义行为，而是将其作为一种诚实的表征和对基本伦理价值的坚守。"天晓得，假如诱惑更加美丽优渥……"他在《品位的力量》中自我反省，从而告诉人们，没有人能够彻底摆脱片刻的犹疑和脆弱。然而他紧接着补充道：

> 这并不要求很伟大的人格
> 我们的拒绝、异议与执着
> 我们有过一点必要的勇气
> 然而实际上这只是品位问题
> 　　　　　是的，品位
> 包含灵魂的纤维和良心的软骨

赫贝特以"科吉托先生"这个独创的诗歌主人公的双眼，审视二十世纪后半叶的整个世界。的确，"科吉托"这个名字，在拉丁语中意为"我思"——恰当地反映了诗人写作的内核：理解现实，以便了解什么是善，什么是正义，什么是邪恶。这非同一般的视角，使赫贝特的诗具有普及性。他的作品被翻译成世界各种语言，其数量早已超过三十种。

赵刚教授翻译的赫贝特作品，将"科吉托先生"和他的思考带入了中国文化范畴。这本《赫贝特诗集》的诞生，无疑需要付出艰辛的努力，译者不仅需要在两种截然不同的语言体系中找到恰当的平衡，还需要在欧洲和中国这两个不同的文明圈中实现平衡。赫贝特的创作深植于欧洲古代文化和《圣经》传统之中，这对翻译者来说无疑也是巨大的挑战。在这种情况下，译文不仅需要准确地表达词语的意思，还需要透析种种比喻和隐喻的内涵，而这些内容对于非欧洲读者来说往往是模糊不清，甚至经常是难以理解的。

期望中国读者能够阅读赫贝特的诗。我坚信，中国读者将会认同其诗歌中的普遍价值。赫贝特在其诗歌中所描述的诸多道德问题，并未随同二十世纪的离去而消逝无踪，而仍然时时存在于我们左右。

作者简介：赛熙军，波兰共和国驻华大使

光 弦
(1956)

两 滴

森林燃起烈焰——
而他们
像玫瑰
相拥在一起

人们奔向掩体——
而他说有妻子的长发
足以遮风避雨

他们以薄毯蔽体
情话绵绵
柔情蜜意

当情势实在紧急
他们跳入对方的眼眸
然后把双眼紧闭

他们把双眼紧闭
火到眼前也毫不在意

他们至死勇敢
至死不渝
至死相依
恰如停在腮边的
两滴

家

超越一年四季的家
孩子、动物和苹果的家
一片空旷的正方形空间
在一颗不存在的星辰下

家是童年的望远镜
家是感动的肌肤
姐姐的面颊
大树的枝杈

火焰吹熄了面颊
子弹打折了枝杈
无家可归的步兵唱着歌
歌声在化为齑粉的小巢上回响

家是童年的立方体
家是一小块儿感动

烈焰中姐姐的翅膀

枯树上的一片树叶

告别九月

那些洋红色的日子
如骑兵的矛尖般闪耀

扩音喇叭里传出
早已过时的歌曲
关于波兰人和刺刀

男高音如马鞭般清脆
每一小节之后
播报"活鱼雷部队"①的名单

顺便说一句
它们
在战争的六年间
偷运肥油
和悲伤的哑弹

---

① "活鱼雷部队"是波兰于1939年组建的一支"敢死队",其职责是在迫在眉睫的波德战争中执行极其危险、甚至是自杀性的任务。

统帅扬起双眉
恰如举起权杖
大声宣告：一颗扣子也休想得到①

扣子们开心一笑：
我们不会，不会把小伙子们交出
他们已被平平地缝在
帚石楠②盛开的荒郊

---

① 源自爱德华·雷兹-希米格维元帅的一句话。面对纳粹的入侵威胁，1939年8月6日，元帅在瞻仰约瑟夫·毕苏茨基元帅的棺木时发出了"我们一颗扣子也不会交出"的誓言。最近，舆论越来越把这句话归于外长约瑟夫·贝克。——原注
② 杜鹃花科帚石楠属的植物，别名"苏格兰石楠"。

来自记忆的三首诗

一

我无法切中
回忆你的标题
我用从黑暗中抽出的手
沿着面孔的痕迹前行

柔软亲切的侧影
冻成坚硬的轮廓

  黑纸做成的人形
  在我头顶盘旋
  我的头空阔如空气的前额

二

活着——尽管
活着——相反
我把忘却的罪恶抛到一边

你们留下了拥抱
就像留下一件多余的毛衫
目光像问询
我们的手掌无法传递你们手掌的形状
触碰寻常之物是对它们最大的轻贱

反射疑问的双眸
平静得像镜子一般
它们因为呼吸而没有长满霉斑

我每天更新目光
我的触觉每天在成长
周遭的万物把它弄得瘙痒不堪

生命像血液汩汩流淌
阴影平缓地凋残
别让倒下的人就此罹难——

云朵大概会传递记忆——
罗马硬币被磨损的边缘

三

我们那条街上的女人
全都平凡又善良
总是耐心地从菜市场

买回营养的蔬菜

我们那条街上的孩子
让猫们遭了殃

鸽子——
　　灰色而温顺

公园里有一座诗人纪念碑
孩子们推着铁环
发出色彩斑斓的呼喊
鸟儿们落在手上
读着他的无言

夏夜
那泛着熟悉的烟草味道的嘴
让妻子们望眼欲穿

　　女人们无法回答孩子
　　他是否会回来

　　当城市沉沦
　　她们用手捂住双眼
　　以此熄灭火焰

我们那条街上的孩子
死亡让人肝肠寸断

鸽子轻轻落下
像被射落的空气

此刻诗人的双唇
是空荡荡的地平线
鸟儿、孩子和妻子们
无法住在城市悲哀的躯壳里
在灰烬冻僵的绒毛里

城市立在水边
水面像镜子的记忆般风平浪静
将它从水底反射出来

射向无比高远的那颗星
那里火灾泛着遥远的气息
就像《伊利亚特》中的一页

献给倒下的诗人们

歌者的嘴唇已然凝固
歌者用眼睛说出黑夜
在天际邪恶的色彩下
歌声终止，暮色降临
天空的阴影在大地蔓延

群星闪烁的夜空传来飞机的喘息
你保护着可笑的纸卷仓皇逃难
遗失了词语的马赛克和隐喻
只有微笑伴随着你
凛然面对公正的子弹

如同回声的影子你的话徒劳无功
又像风被关进空洞的诗节房间
你已无法用诗歌让烈火神圣
你日渐枯萎，徒然浪费
被击穿的手掌如花自凋零

寄语

沉默的人,请你接受
揽子弹入怀的人
是为了逃避惊叹
在天际邪恶的色彩下
诗歌的坟茔已长满荒草
那色彩正在痛饮你的无言

白色的眼睛

鲜血的生命最长
它敲击、渴望空气

透明逐渐凝固
松开脉搏的绳扣

水银柱在夜晚升高
黎明时嘴巴在发霉

越来越近
只差一个凹陷的太阳穴
只差一个眼睑的低垂

白色的眼睛点不亮光芒
手指握成三角形
宁静中已不再有呼吸声

 母亲在呼喊
 撕扯那个无力的姓名

红　云

灰尘的红云
呼唤那场大火——
城市的西边
在地平线之外

应该再拆除
一堵墙壁
再来一段砖石的和鸣
只为消除
眼睛与回忆之间
那道痛苦的疤痕

早起的工人们
从白咖啡和簌簌作响的报纸中
呵护出黎明
和在死寂的空气水槽里叮咚作响的雨滴

用钢缆
用饱满的沉默

为这片清除了废墟的空间
升起战旗

红尘的云落下
沙漠被洞穿

在被移除的楼层高度上
流出没有框的窗

当最后的陡壁
轰然坍塌
砖石的和鸣传来
没什么能毁灭梦想

关于过去之城
关于未来之城
尚不存在之城

题　词

你注视着我的手
说它们如花朵般纤弱

你注视我的嘴
说它太小
不足以将"世界"述说

　　——且让我们在瞬间的枝杈上飘摇
　　畅饮和风
　　注视双眼怎样闭合
　　枯萎的香气最美妙
　　而废墟的形状令人麻木

我的内心有一束会思考的火
还有扬帆助火的风

我的手无比急迫
可以用空气
塑出

朋友的头颅

我重复着一首诗
想将它译成梵语
或者金字塔：
当星泉干涸
我们将把黑夜照亮

当清风也化作顽石
我们将让空气感动

我的父亲

我的父亲喜爱法朗士①的书
喜欢抽"特级马其顿"烟
在馥郁的蓝色云雾里
把笑容在狭窄的唇间品玩
那是久远的年代
他斜靠着身体看书
我说过：父亲是辛巴达②
跟我们在一起有时很苦

所以他走了
坐着四面来风的飞毯
我们都很担忧
在地图上不停地追逐
而他却消失无踪
最终归来时

---

① 阿纳托尔·法朗士（1844—1924），法国作家、文学评论家、社会活动家、法兰西学院会员。代表作有《金色诗篇》《苔依丝》等。1921年获得诺贝尔文学奖。
② 阿拉伯《一千零一夜》神话故事中的人物。

脱掉味道
穿上拖鞋
然后是在兜里翻找钥匙的声音
日子像水滴般沉重
时间流淌，一切如故

节日前夕，人们摘下了窗帘
他透过玻璃窗离开，再也没有回来
我不知道他是否悲伤得闭上了眼睛
是否曾扭头看我们一眼
一次在外国插画里
我看到了他的照片
他是一个岛上的总督
那里有棕榈树和自由

致阿波里罗*

一

他行走时全身石袍簌簌作响
泼洒下月桂般的影子和光芒

他像那些雕塑般轻轻地呼吸
走路时又宛如一朵鲜花

他凝神静听自己的歌声
将里拉琴提升到沉默的高度

他就像一道小溪
被白色的瞳孔淹没在自己内心

他是岩石制成
从脚下的拖鞋

---

* 又称美第奇的阿波罗,太阳神阿波罗的雕像,是罗马时代复制的希腊雕塑,现藏于佛罗伦萨的乌菲兹美术馆。

到头上的发带

我曾设想你的手指
我曾相信你的眼睛
没有琴弦的乐器
没有手掌的双手

还给我
年轻的呐喊
伸出的双手
还有我那
戴着一大束赞叹翎羽的头
把希望也还给我
你这沉默的白色头颅

寂静——
　　迸裂的脖颈
寂静——
　　折断的歌声

二

我这个耐心的深潜者
已触碰不到青春的第一天

现在我只能捞出

带着咸味的躯干碎片

阿波罗整夜做梦
带着一张倒下的波斯人的脸

诗歌的预言南辕北辙
一切都截然不同

  史诗的火灾不同
  城市的火灾不同
  英雄们没有远征归来
  根本没有英雄
  活下来的是一些无耻之徒

  我努力寻找
  被淹没在青春里的雕像

只剩下一座空荡荡的基座——
手掌的印记在寻找形状

致雅典娜

穿透猫头鹰的黑暗
你的双眼

超越青铜头盔
你的智慧

  我们被轻盈的思想托举
  像一支利箭
  穿过光线之门
  从光明跑进目眩

  我们被托起
  在沉重的肩头
  我们向你致敬
  用影子盾牌上的身体

  当头颅垂到胸前
  请把手指插进我们的发丝
  然后高高托起

请把那尖锐而出乎意料的形状
从鸟儿们构成的光环里
伸出片刻

让你的慈悲将我们彻底杀死
让残忍的怜悯将我们遗失

请将光泽柔和的橄榄油
注入
被长矛刺穿的
空洞的身体

请从眼睛上
扯去眼睑

让他们看

关于特洛伊

一

特洛伊呀！特洛伊
考古学家的指缝间
滑过你的灰烬
比伊利亚特更猛烈的火焰
留给七弦琴

弦少音稀
须请合唱助阵
悲鸣如海
痛挽如山
落石如雨

　　——如何从废墟中
　拯救万民
　如何从诗句中
　引出和弦之音

完美的诗人在凝思
像一根盐柱
沉默而凝重
——歌声将纵身而出
它纵身而出
凭着带火的双翼
飞上纯净的天空

一轮明月照废墟
特洛伊呀！特洛伊
城市沉默不语

诗人与自己的影子战斗
诗人呐喊如空谷鸟啼

月色周而复始
柔和的金属埋于灰烬

二

往日的街巷如道道山谷
人们穿行其间如穿过红色的废墟之海

风扬起赤红的尘埃
忠实地描绘城市的西倾

往日的街巷如道道山谷
饥肠辘辘的人们呵护着凝冻的黎明

人们说：要历经无数岁月
这里才会立起第一座房屋

往日的街巷如道道山谷
走过的人们期望能找到痕迹

  一位残疾人
  吹起口琴
  述说柳树的发辫
  和一位姑娘

  诗人沉默无语
  天空飘起细雨

致马可·奥勒留
献给亨利克·艾尔赞贝格教授

晚安!马莱克①!关上灯
合上书,在你的头顶
鼓噪的银色群星已然升起
那是天语无人能懂
那是野蛮人的惊叫
你的拉丁文不起作用
这是永恒的黑暗恐惧
对人类大地无比脆弱的恐惧
开始争斗和取胜

你听到涨潮之声
自然力不可遏制的洪流
将摧毁你的字母
直至世界的四壁
轰然倾倒
我们能怎样?在风中颤抖

---

① 马可的波兰文小称,表亲切。

重新去呵护灰烬，搅乱以太
咬着手指，寻找空洞的辞藻
身后拖着逝者的阴影

所以马莱克
最好卸下你的平静
把手伸到黑暗之上
当它拍打五种感官时
让它颤抖
犹如敲击喑哑的竖琴
瞎眼的宇宙将背叛我们
宇宙、天文
星辰的统计、小草的智慧
还有你无与伦比的伟大
哭吧！我无能为力的马莱克

祭 司
致已灭绝宗教的信仰者

祭司侍奉的神明
已然下到地面

在倾颓的神殿里
以人的面孔显现

无能为力的祭司
双手举向空中
明知不能呼风唤雨，遍地蝗虫
也做不到五谷丰登，雷电交鸣

　　——我在重复焚毁的残片
　　带着同一句
　　赞美的咒语

　　嘲笑者伸平的手掌
　　击打为受难而生的脖颈

我在祭坛前跳起的圣舞
只有影子看到
它做着街头少年的各种手势

——然而
我抬起双眼和双手
扬起歌声
我知道献祭的轻烟
奔向寒冷的天空
为没有头的神明
编织发辫

关于玫瑰

致塔德乌什·赫扎诺夫斯基[①]

一

甜点有个花朵的名——

轻轻震颤
那些圆形的花园
她们被擎举在泥土的上空
呼吸也要侧转头
风的脸守候在篱笆旁边
青草在低处悄悄铺展
期待的瞬间
到来时众芳暗淡
到来时五彩斑斓

大树在建造

[①] 塔德乌什·赫扎诺夫斯基（1926—2006），波兰艺术学家、文学家、翻译家，赫贝特的挚友，二人维持通信长达近半个世纪。

静谧的绿色穹顶
玫瑰呼唤你、思念你
惊起的蝴蝶
细线一根一根迸裂
时光一分一秒流逝
花苞呀，绿色的虫茧
请开启

甜点的名字是：玫瑰

迸发——
从里面鱼贯而出
紫色的旗手
无数的士兵
香气的号手
用蝴蝶的长号
宣告功成名就

二

繁复的加冕
祈祷的庭院
金碧辉煌的仪式
烛台已熊熊点燃
沉默的三重塔
光线在顶端折断

底部——

噢，天空源于大地
噢，花瓣汇成星空

*

别问什么是玫瑰，鸟儿会将它描绘
香气扼杀思想，面庞被抚摸磨损
欲望的颜色呀
哭泣的眼睑之色
圆形的甜点沉甸甸
撕裂的红色深入内部

三

玫瑰垂下头
仿佛把双肩
倚在风的肩头
而风却独自远走

她哑口无言
她哑口无言

玫瑰越死
越难述说玫瑰

建筑学

在轻盈的圆弧——
石头的眉弓之上

在墙壁
未被扰乱的额头上

在欢快而敞开的窗子里
没有天竺葵,只有一些脸庞

那里的矩形都非常规整
与梦想的远景比邻

那里装饰着被唤醒的小溪
在不同层面的宁静原野上流淌

那里有运动与静止,线条与呐喊
令人颤抖的不确定,简单的明亮

你在那儿

建筑学
幻想与石头的艺术

你在那儿，美在此栖居
在轻盈的圆弧之上
轻如叹息

在因为恐高
而显得苍白的墙上

在因为玻璃
而眼泪满眶的窗里

一个固定形状的放逐者
我在宣扬你的静止之舞

弦

鸟儿们在小巢里
留下自己的身影

那么请留下灯光
乐器和书籍

让我们去那山坡
那里生长着空气

我用手指指给你
那颗不存在的星

草皮下面的深处
有纤弱的根系

白云涌出的泉眼
永远都纯粹透明

风儿把嘴巴靠近

为让我们放开歌喉

我们皱起额头
兀自哑然无声

乌云拥有光环
就像那些圣徒

我们没有眼睛
只有黑色石头

在离开之后
美好记忆治疗疤痕

或许光芒会走下
沿着弯曲的后背

  真的，真的，我跟你们说
  在我们与光芒之间
  有一道巨大的
  鸿沟

看 吧

冰冷的蔚蓝如天使们磨砺翅膀的岩石
他们神情倨傲,超凡脱俗
沿着光芒的阶梯和阴影的巨石行走
慢慢坠入虚幻的天空
然而片刻之后重新走出,面色更加苍白
在天空的另一侧,在双眼的另一侧
别说这不是真的,别说世上没有天使
你陷入了慵懒身体的死水
你看一切时都蒙上自己眼睛的底色
你对世界感到厌倦——站在睫毛的边缘

华沙墓地

这堵
最后景象之墙
荡然无存

石灰用去建造房屋和墓地
石灰用去建造记忆

排炮的最后回响
化作石板
和简短的字句
用冰冷的铅字字体镌刻

    在生者入侵之前
    死者向更深处
    逃去

    他们整夜在悲伤管道里抱怨
    小心地走出
    一滴接一滴

只需划一根火柴
　　他们就会再次燃起

而表面一片平静
板上的石灰用于记忆

在生者大街
和新世界大街的拐角
在高傲地敲击地面的鞋跟下
隆起鼹鼠巢穴般的小丘
那些坟墓的主人
请求留一抔新土
留个细微的标识在地表

遗 嘱

我把暂时占有的一切
留给四种自然力

思想留给火
让燃烧更绚丽

把一粒不育的种子——我的躯体
给我挚爱的土地

把话语和双手传给空气
还有思念——它木是无用的东西

最后剩下的
一颗水滴
让它在天地之间
循环不已

让它变成霜花雪片
透明的雨滴

让它永远也上不了天空
而是洒向泪谷,我的土地

始终是一滴纯洁的清露
耐心地滋润坚硬的泥土

不久,我就将暂时占有的一切
归还给四种自然力

——我不会回到平静的源头之地

阿登森林*

请交叉双手,掬起一抔梦境
就像掬起水的种子
而到来的是一片森林:一片绿云
和光弦般的白桦树干
还有一千个眼睑扑扑闪闪
这时你用那被遗忘的树叶之语
回忆起那个你在等待大门开启的
白色黎明

你知道这片土地将被鸟儿唤醒
此刻它仍在树上安睡
大树生长在泥土里
而这里是新问题之源
脚下涌动邪恶树根的洪流
所以请看看树皮的纹路
音乐的琴弦正在那里绷紧

---

* 阿登高地位于比利时东南、卢森堡北部和法国东北部,自古是战略要地。由于这里多森林,故又称阿登森林。1944年12月,纳粹德国曾在此发动"阿登战役",以期挽回败局。

竖琴师拧紧旋钮
为让沉默的一切开始发声

请拨开枝叶：野草莓丛
叶子上的露珠、青草的发梳
远处黄色豆娘的翅膀飞舞
蚂蚁在将自己的姐妹掩埋
在制造假象的颠茄上方
甜美的野梨正在成熟
所以别再期待更大的奖赏
快来树下小憩片刻

请交叉双手，掬起一抔死者姓名的记忆
就像一些干枯的种子
所以又是森林：碳化的云朵
被黑光标记的前额
一千个紧闭的眼睑
眼睑下的眼球一动不动
大树与空气被一起折断
被背叛的信仰属于空荡荡的掩体

而那片森林属于我们也属于你们
逝者们也在祈求童话
祈求一把草药，祈求忘川之水
所以沿着针叶林，沿着簌簌声

沿着气味的脆弱丝线
不要怕树枝挡住去路
不要怕阴影领着走过弯曲的小路
你将找到,将开启
我们的阿登森林

妈 妈

我以为：
她永远不会变

将始终等待
一袭白色裙衫
蓝色的双眸
守在所有的门边

在戴上那串珠链时
总会喜上眉尖

直到突然一天
项链扯断
珍珠散落在
地板的缝隙间

妈妈喜欢咖啡
温暖的瓷片
安静

她坐在那里
推了推高耸的鼻梁上
架着的眼镜
她在读我的诗
摇摇花白的头
对它做出否定

那个从她膝头滚落的他
此刻紧闭嘴巴沉默不语
所以灯下的谈话不欢而散
那盏灯曾是甜蜜之源

  难以承受的遗憾呀
  他在喝怎样的井水
  在走怎样的道路
  儿子与梦想已判若两人

  我曾用温润的乳汁喂养他
  而不安正将他燃烧
  我曾用温暖的血液洗涤他
  而他的双手冰冷而粗糙

远离你那
被盲目的爱击穿的双眼

将更容易承受孤单

一周之后
在冰冷的房间
我读她的来信
喉头越来越紧

在那封信里
字母彼此分离
就像彼此挚爱的心

颤抖和起伏

小行星们的巨大空间
因为不安而颤抖和起伏
就像大海将我吞噬

那些挤进脉搏的秒针
像水车在温暖的血液中
将一年的时光快速地飞转

无声的指针向北呼喊
向黑水的激流之上
向云天的流逝之下

  请把濒临的死亡埋进皱纹
  你用额头无法将它阻拦
  思想和鲜血会渗入沙漠

我用原子、基点、头发和彗星
建造艰难的无限
在北风之神的嘲弄下
为脆弱的延续构建港湾

播种哲学

木桌的表面
平坦的田畴
我播种下无尽的思想
你们看
它将如何生长
——哲学家搓着双手说道

  的确在生长
  像豌豆一样
  在永恒的三刻或四刻钟之后
  它甚至会长过
  他的头

我还做了个滚轴
——哲学家说
轴的顶端有个钟摆
是何用意你们定然清楚
滚轴是空间
钟摆是时间

嘀嗒、嘀嗒、嘀嗒
——哲学家大笑着说
摇晃着一双小手

我终于想出了"存在"一词
一个坚硬而无色的词语
需要用充满活力的双手
将温暖的树叶拨开良久
需要践踏画作
把日落称为现象
为了在这一切之下
发现死掉的
白色的哲学之石

现在我们期待
哲学家为自己的智慧痛哭
但他没有
要知道存在不会感动
空间不会流散
时间也不会在流失的进程中止步

* * *

沙漏喷洒
在坚硬的手中
平坦的空间
在眼中叠加

  锥体、球体、六面体
  全都被顺从地摆放在一起
  从中却跑出一个
  不驯服的身体

  ——它们躺着像打碎的锅
  液体偷偷溜到云里

    乐观的球体
    天文射线
    原子积木

沿着睿智的对话之路
用测量者枯燥的脚步

哲学家们走来走去
误导和计算着绝对

下边在某个数字上
或许是 3 或许是 1
宇宙静止下来
变得冰冷

在像玻璃般沉重的空气中
被束缚的自然力睡意正浓

理智将避开
火、土和水

泛神论者的短诗

"抛弃我吧,星辰"
诗人说
"用距离之箭将我射穿"

"饮尽我吧,甘泉"
饮者说
"将我一饮而尽直至虚无"

"敏锐的双眼
请将我赋予诱人的风景

本应保护身体的语言
请把深渊带到我面前

星辰将在额头扎根
源泉将我的脸褪去人形"

  然后你会醒来,沉默者
  在静止的掌心
  在事物的内核

小创世主的麻烦

一

尚未就绪的世界里
空旷地域的一只小狼崽
我为开端而工作
双手摩擦直至出血

我用朝圣者的脚掌
踩踏那蒲公英般不确定的土地

用眼睛双倍的敲击
我把天空确认
并以疯狂的想象
赋予它湛蓝的色彩

当最真实的触觉确认了岩石画面
我兴奋地大喊
难以忘怀的是
皮肤被山楂树丛刺破的一瞬间

我把植物和动物的名称
放进手指挖出的沟槽
然后躺在草地上
欣赏蕨类的形状和孔雀的彩屏

最后,我想休息了
在浪花的阴影里
在白色的岩石上
写下自然的历史
物种的完整目录
从一粒盐到月球
从变形虫到天使

都是为了你们
我亲爱的后人
为了你们轻盈的梦
不被岩石碾碎
当黑夜把世界重新腾空

二

你无法向任何人传递知识
属于你的只有听觉和触觉
每个人必须重新创造
自己的无垠和初始

最艰难的是跨越
指甲后面展开的深渊
用勇敢之手
感受陌生世界的嘴和眼睛

　　——好吧，小行星
　　平和的鲜血在清洗
　　盲目的小行星——

如果你相信五种感官
世界将凝聚为一个榛果

如果你相信暴风雨般的思想
在望远镜高大的立柱上
你将去往遥远而确定的黑暗

　　这大概就是你的命运
　　做一个没有成形的生物体
　　会认知/遗忘

你不会梦想这样一刻
当头颅是一颗固定的星
不用手，而是用光束
去问候已经熄灭的大地

关于我们不死的歌谣

是谁在黎明时启航
却再也不会归来
只留足迹在浪花上

那时贝壳落入大海深处
美丽如石化的嘴唇

那些沿着沙路行走的人
虽已望见屋顶
却没有抵达窗前

空气的钟声是他们的藏身之所

而那些只遗留下
冰冷的房屋、几本书
空墨水瓶和白纸的人们——

并未完全死去

他们的低语走过壁纸的灌木丛
平平的脑袋住在阁楼里

人们用空气、水、石灰和泥土
建造了一个天堂
他们的风之天使在掌中揉搓身体
他们将沿着草地
不断传递这世界

小 桌

终究无法隐藏这份爱
长着橡木腿的四足小兽
皮肤粗糙、冰冷得出奇
一个有脸却没有眼睛的日常器物
脸上的年轮皱纹意味着思想成熟
灰色小驴在驴类中最忍辱负重
斋戒过久,皮毛已然光秃
清晨当我用手抚摸它时
只感到木头的裂缝和凹凸

"你知道吗?亲爱的,有一些骗子
他们说:手会欺骗,眼会欺骗
当触碰那些本是虚无的形状时"

这是一些嫉恨事物的坏人
他们想用否定的鱼竿钓起世界

该如何向你表达我的谢意和赞美
你总是应眼睛的召唤而来

以伟大的静止作为表情
向可怜的理智解释:我们是真实的
最终,物品的忠诚为我们打开双眸

冬日花园

眼睑像树叶飘落,目光的柔情裂成碎片
泉水窒息的喉咙,还在地面下微微震颤
鸟鸣归于沉寂,在岩石最后一条石缝里
在最低矮的植物中,不安像蜥蜴般死去

树木的线条垂立在地平线的秤上
倾斜的光线洒落在静止的大地
窗户紧闭,冬日花园原地不动
眼睛湿润,嘴边一片小小浮云

——是什么样的牧羊人把树木带走
是谁为和谐万物——手、树枝和天空——而如此演奏
是北方的俄耳甫斯带着
如死者双肩般确定的西塔拉琴①

天使足音在头顶响起
雪花飞舞像翅膀上的鳞片

---

① 古希腊乐器,与里拉琴近似,荷马曾经多次提到这种乐器。——原注

寂静是完美的线条
将大地比做天秤座

把目光蓓蕾献给冬天的果园——让爱情不再将我们伤害
把一束发丝献给残酷的命运——让它在纯净空气里燃烧

祭　坛

各种元素走在前面：携带淤泥的洪流
双眼湿润的土地，热切而贪婪的火焰
然后是抖动着鬃毛、性情温顺的空气巨龙
就此为鲜花和小草开启了盛大的巡游
艺术家的凿子就这样赞美绿草
神奇的绿色火焰如船上抛下的火苗
绿草出现时是历史实现之刻
还是沉默的章节

献祭动物的足音告别湿润的忒勒斯[①]
膘壮而明亮的它们，脖颈上带着温暖
额头上的双角象征着对命运的毫不知晓
当前膝跪地，它们会被自己的鲜血吓一跳
各种自然力在呼唤你，动物已开辟了大道
天空在你面前让路，上帝用雷电昭告
羸弱不堪的人呀，你应受到鄙夷

[①] 古罗马人崇拜的大地女神，相当于希腊神话中的女神盖亚。如皮埃尔·格里马尔在其《希腊罗马神话词典》中所写的那样，忒勒斯没有神话，她只是在神话中替代了盖亚或者刻瑞斯/德墨忒尔的位置。——原注

却被抬升至尘世万物之巅的荣耀

浮雕上的此处有个中断——你可以猜想
或许是祭品对永恒的诸神无礼
或者是不乐于持续的湿气剥去了人形

讽刺女神守护着他们的拖鞋和脚的残片
还有长袍上的褶皱,从中你可以很容易地读出
优雅抬起的双肩做着什么手势,而这真的就是一切
没有在献祭动物的犄角上演奏的双手

你不知道,你的哪句话、哪个也许无关紧要的姿态
会被石头的褶皱保留——并非按你自己想象的那样
你也不知道,鲜血、骨骼或者睫毛会被选中
放置在慈悲的土地里,雕像正在那里慢慢成熟

瓦维尔*

献给耶日·图洛维奇①

将你与大理石大厦相提并论者
定然是患上了爱国白内障

伯里克利呀
你的立柱定然在黯然神伤
还有笔直的阴影、柱头的端庄
举起的双臂显露出的安详

而这里只有砖头的可笑噪音
文艺复兴时代的国王苹果
映在奥地利兵营②的背景上

而且只能在黑夜,在发烧时
在野蛮人悲伤的精神错乱中

---

* 古代波兰王宫,位于波兰古都克拉科夫瓦维尔山上的一座城堡式建筑。
① 耶日·图洛维奇(1912—1999),波兰记者、政论作家,曾任《普世周刊》主编。
② 1795 年,波兰第三次被瓜分后,瓦维尔宫曾被奥地利军队当作兵营。

他从十字架和绞刑架那里
懂得了巨石的平衡

而且只能在月色下
当天使离开祭坛
去踏碎睡梦之时

只有这时
——卫城

  卫城,为那些丧失了继承权的人
  宽恕吧,宽恕那些说谎的人

关于迈达斯*国王的寓言

那些金鹿
终于在旷野上安睡

还有山羊
也头枕石头入眠

原牛①、独角兽、松鼠
简而言之所有动物
无论凶猛还是温顺
以及所有的鸟类

迈达斯国王不捕猎

他暗下决心

---

* 迈达斯是希腊神话中佛里吉亚的国王。森林之神西勒诺斯和酒神狄奥尼索斯为了报答他的盛情款待,许诺可以实现他的任何愿望。迈达斯请求让自己碰到的东西都变成黄金,但他很快就后悔了,因为就连他的食物和水,甚至女儿都变成了黄金。迈达斯在狄奥尼索斯的指示下在河中沐浴后才得以解脱。

① 一种体形很大的牛,现已绝种。

要抓住西勒诺斯①

他追逐了三天
终于将他捕获
在其双眼之间
猛击一拳之后
他开口问道：
"对人来说什么最好"

西勒诺斯微微颤抖
然后开口说道：
"做个无物"
"死掉"

迈达斯国王回到王宫
用葡萄酒炖智慧的西勒诺斯之心
可并不对他的胃口

他走来走去，揪扯胡须
问老者们：
"蚂蚁能活几天"
"为什么狗在死前会狂叫"
"所有从前的动物和人的尸骨

---

① 希腊神话中掌管森林的神祇之一，是酒神狄奥尼索斯的导师。

堆成山会有多高"

然后命人叫来一个人
那人用黑色鹌鹑的羽毛
在红色花瓶上
描绘婚礼、巡游和奔跑
迈达斯向他发问：
"为何要延续阴影的生命"
那人答道：
"因为骏马奔驰时
脖颈最是美妙
而打球时少女们的裙装
像生机勃勃的溪流，无比妖娆"

"请允许我坐到你的身边"
花瓶画师请求道：
"我们可以聊聊
那些带着难以忍受的庄严
将一粒种子还给大地
然后收获十粒种子的人
那些修理拖鞋和共和国
数着星星和铜钱
书写着史诗，弯腰
从沙粒中捡起
遗落的三叶草的人"

"我们将小酌片刻
谈谈哲学
也许
同样以血和错觉造就的我们俩
最终能从
表面那恼人的轻浮中
得到解脱"

希腊花瓶的残片

正面所见
是一个年轻人健美的身躯

下颌抵在胸前
膝盖弯曲
手臂像枯死的树枝

他双眼紧闭
即便是厄俄斯①也唤不醒

她插进空气的手指
和披散的头发
还有裙摆的线条

---

① 厄俄斯是古希腊神话中有着粉红色手指，负责开启白天的女神。神许珀里翁与忒亚的女儿，赫利俄斯和塞勒涅的姐姐。在神话中，她是一位非常重情的女子。她把英俊的提托诺斯王子带到埃塞俄比亚，并和他育有二子：厄玛提翁和门农。她特别喜爱门农。后来，门农成了埃塞俄比亚人的王，在特洛伊率领埃塞俄比亚军队与希腊人作战，并杀死了涅斯托尔之子安提洛科斯，但自己死于阿喀琉斯之手。悲伤的厄俄斯在宙斯面前痛哭失声，并且请求宙斯，让她的儿子在人间获得祭祀。卢浮宫里有一件美丽的陶器，上面人物形象呈红色，是由画家杜里斯和制陶匠卡里阿德斯完成的，完成时间约为公元前490年至前480年，上面展示着厄俄斯抱着门农遗体的画面。——原注

构成三重伤痛

他双眼紧闭
拒绝青铜铠甲

拒绝鲜血和黑羽毛装饰的
漂亮的头盔
拒绝折断的盾牌
和长矛

他双眼紧闭
避开这个世界

叶子低垂在寂静的空气中
树枝在惊鸿的倩影里抖动
只有蟋蟀①
隐藏在门农仍然活着的发丝里
宣讲对生命的
无可辩驳的赞颂

---

① 黎明女神厄俄斯来到凡间并爱上了英俊的王子提托诺斯,但苦于他是凡人终将一死,为此她恳求宙斯让提托诺斯永生,宙斯答应了她的请求。但她忘了请求宙斯让提托诺斯不仅"不会死",而且要永远年轻。后来她只能看着她所爱的青年慢慢老去,日渐收缩,最终竟缩成一只蟋蟀。提托诺斯失去了说人话的能力,只会用蟋蟀的叫声始终陪伴她。

胜利女神的踟蹰

胜利女神最美的
是她踟蹰的瞬间
美丽的右手扬在空中
像在发布号令
而双翼却在微微发颤

因为她看到
一个孤独的少年
正循着战车的车辙
步履蹒跚
灰暗的背景上
只有岩石与稀疏的杜松树丛
道路也一片灰暗

那少年死期将至
命运的天平
正急速地
坠向地面

女神有一丝冲动
想走过去
在他的额头
留下自己双唇的温暖

可她担心
未识甜蜜之吻的他
一旦猛醒
会像其他人一样
逃避这场恶战
所以女神犹豫再三
决定保持
雕塑家传授的姿势
同时为那一刻的冲动
暗自羞惭

她深知
明日黎明
人们将找到这个少年
他的胸膛已被洞穿
双眼紧闭
口中衔着
一枚祖国的铜钱

占 卜

所有线条都深入到掌心谷地里
深入到命运之泉喷涌的细小缝隙
你们看,生命线像箭头般笔直
五个手指的地平线被激流照亮
那激流摧枯拉朽,奔涌向前
没有什么比奔涌向前的追求
更加美丽、更加强悍

在它面前,忠诚线如此虚弱无力
就像夜里的喊叫、沙漠中的河流
发于沙海,灭于沙海
也许,它在皮肤下面更深处延续
推开肌肉组织,进入动脉
让我们能在黑夜里碰到那些逝者
在回忆与血液流淌的内心
在充满那些黑暗姓名的
矿洞、深井和小室里面

原本没有这座小山——我记得一清二楚

那里有个柔情的小巢,如此浑圆
就仿佛一滴滚烫的铅泪落在手中
要知道我记得头发,记得脸颊的暗影
脆弱的手指和沉睡头颅的轻重
谁拆毁了那小巢,谁堆砌了本不存在的
冷漠的土丘

你为何用手掌捂住眼睛
我们在占卜,你问谁

代达罗斯*和伊卡洛斯**

代达罗斯说：

往前走吧，儿子，但要记住，你是在走，不是在飞
翅膀只是装饰，你是走在草地上
这温暖的升力来自夏天湿润的土地
而那冷空气则来自溪流
天空充满了树叶和小动物

伊卡洛斯说：

双眼像两块石头直射大地
看到一个农夫正在翻耕肥沃的土地
一只虫子在沟槽里翻腾
坏虫子正切断植物与土壤的联系

---

* 希腊神话中的人物，一位伟大的艺术家、建筑师和雕刻家，伊卡洛斯的父亲。

** 希腊神话中的人物，代达罗斯的儿子。神话中说，代达罗斯为伊卡洛斯制作了一对翅膀。伊卡洛斯飞了起来，他感到十分骄傲，但他飞得太高了，太靠近太阳。太阳的温度融化了伊卡洛斯翅膀上固定羽毛的石蜡，少年因此坠海而死。

代达罗斯说：
儿子，这不是真的，宇宙只是一束光
而土地只是盛满阴影的大碗，你看这里颜色在表演
尘埃从海上升起，烟雾向天空飞散
彩虹此刻正从最高贵的原子中诞生

伊卡洛斯说：
父亲，在虚空中拍打翅膀让我双肩酸疼
麻木的双脚思念荆棘和尖锐的石头
父亲，我无法像您一样注视太阳
我彻底坠入了大地的黑暗之光

对悲剧的描述
现在伊卡洛斯正头朝下坠落
最后的一幕是孩子小小的足跟
贪婪的大海正将它吞噬
父亲在空中呼唤他的名字
那名字既不属于脖颈，也不属于头颅
只属于记忆

评论
他如此年轻，还没有明白翅膀只是比喻
一点儿石蜡和羽毛，还有对引力定律的蔑视
都无法承载身体的重量，哪怕只是几步的高度
问题的本质在于

要让我们那被沉重的血液推动的心脏
充满空气
而伊卡洛斯恰恰不愿意如此

让我们祈祷吧

大地之盐

一位妇女走过
头巾如田野般绚烂
她把一个纸袋
紧紧压在胸前

这发生在
正午时分
在城市最美的地点

人们向旅行团指点
天鹅嬉戏的公园
花园里的别墅
远处的风景和盛开的玫瑰

一位妇女走过
抱着一个纸袋
"母亲,是什么让您把它紧压在胸前"

她脚底绊了一下

冰糖块儿从纸袋中
撒落一地

女人弯下腰
那一刻眼中的神态
任何画碎陶罐的画家
也无法再现出来

她用深色的手掌
捧起散失的珍宝
把明亮的水滴和颗粒
重新装好

她
跪了
那么久
双膝着地
仿佛想收集
大地的所有甜蜜
直到
最后一粒

阿里翁*

这就是他——阿里翁
希腊的卡鲁索①
古代世界的音乐大师
如项链般无比珍贵
或者说更像天上的星座
他放声高歌
唱给海上的巨浪和丝绸商人
唱给那些暴君和赶骡子的人
暴君头上的王冠因之变红
而卖洋葱烤饼的小贩
第一次把账算错

---

* 出生于莱斯沃斯岛上米西姆纳的阿里翁（公元前 7 世纪），是一位著名的歌者，他曾在科林斯僭主佩里安德的宫廷生活。希罗多德在《历史》中记载：他是位琴师，当世无人能及，同时又是我们所知的第一个创作酒神颂歌的人。根据希罗多德记述的传说，阿里翁曾前往意大利和西西里，并在那里获得了巨大的财富。当他乘着从科林斯人那里租来的船只回国的时候，船员们想攫取他的财富，所以夺了地图，并要把他扔到海里去。阿里翁恳求他们允许他在甲板上再唱一首献给阿波罗的歌，"当他结束了演唱，就穿着华服，自己跳进了海里"。——原注

① 卡鲁索（1873—1921），意大利著名歌唱家、歌剧演员。

阿里翁唱些什么
如今已无人知晓
他给世界恢复了和谐
这最为重要
大海轻柔地摇晃大地
水与火也彼此消除了敌意
在一首六步格诗的阴影里
狼与小鹿、隼与鸽子同眠
孩童在狮子的鬃毛上入睡
就像睡在摇篮里
你们看,动物们如何微笑
人们以白色的花朵为食
一切都如此美好
就像回归了万物的初始

这就是他——阿里翁
他珍贵无比
也常常制造晕眩
他站在图画的暴风雪中
像八度音阶一样有八个手指
他放声高歌

直到从西边的蔚蓝色中
射出番红花色的霞光万道
这预示着黑夜即将降临

阿里翁谦恭地颔首
与赶骡子的人和暴君们
商店店主和哲学家们
——作别
然后在港口
骑上被驯化的海豚

——再见——

阿里翁是多么漂亮——
姑娘们说
——当他独自出海
头上戴着
地平线的花环

赫尔墨斯、狗和星星
（1957）

诗

洗　礼

四十天大洪水的亲历者
对天空破裂并不陌生
他们曾目睹群山的死亡
和老鼠被拯救
此刻坐在茅屋边的土冈上
看滚滚麦浪
如洪水退却般美妙
"这是非常幸运的想法
把希望赋予那些鸟
自此它们的信仰
像小鸽子一样强大"

他们从燃烧的房屋中获救
那里的人像羽毛般燃烧
他们往颅骨里面瞧
看那些没有思想的粉色褶皱
他们了解人体的重量
他们说
杀人犯、猫和天文学家

最配得上静止不动
坏人和好人
都被一道浅坑拉平

最终我们连同眼皮下一块儿变色的土块
看到向上和向下的运动
牺牲者的上升
和眼睑的落下

我们说
两者皆有道理
水中受洗者
火中受洗者
虚无或者慈悲
会让双方和解

教会的圣父们
只会写短文反对我们
与经院哲学相悖①
只有我们将遇到可怕的命运
火焰和哀恸
因为在接受大地的洗礼之后
我们在不确定中表现得过于英勇

---

① 原文为拉丁文。

在山谷入口

一阵星雨之后
在满是灰烬的草地上
所有人在天使的护佑下聚集在一起

从幸存的山丘上
目力所及
一大群双足动物掩面而泣

他们真的不多
即便算上那些
来自编年史、童话和圣徒行传的人

这些分析已经足够,我们且将目光
移至山谷入口,那里传来喧嚣之声

在爆炸的呼啸声过后
在宁静的呼啸声过后
这声音起伏如泉水涌动

恰如他们解释的那样
这是母亲们的呼喊

她们的孩子正被分隔开
原来我们将被分别拯救

守护天使冷酷无情
应该承认他们的任务不轻

她请求
"把我藏在眼中
在掌心、在怀中
我们一直在一起
你现在不能离我而去
当我死了的时候,我需要柔情"

年老的天使面带微笑
解释说这是误会

一个老妇人
捧着一只金丝雀的尸体
(所有动物不久前就已死掉)
"她多么可爱"老妇人哭着说
"我说什么
她都能懂
她的歌声消逝在大轰鸣中"

甚至一个伐木工
很难指控他有这些事情
一个弯腰驼背的老男人

把斧头在胸前抱紧
"它跟了我一辈子
现在还是我的
它在那儿养活了我
在这儿还将养活我
谁也没有权力夺走"
他说
"我不交"

那些看起来毫无痛苦
服从命令的人们
低头前行，以示顺从
但在攥紧的拳头里
藏着撕碎的信纸、发带、几缕发丝
和几张照片
他们天真地以为
这些东西不会被夺走

在那一刻
他们就是这般情景
在最终被区分成
咬牙切齿者
和歌颂者之前

触　觉

所有感官的双重真理——

成串的画面从眼前闪过
如水中的风景
在黑色中间、白色中间
色彩的不确定性正在撒落
又飘摇在洁净的空气中
我们的目光是镜子或者筛子
湿润的眼睛里
摇摆不定的智慧
通过它一滴一滴洒落

甜食的底部，苦涩在酣睡
所以迷乱的舌头大喊大叫

而在听觉贝壳①里
大海像一个线团

---

① 指耳朵。

白色影子的沉默拖拽着石头
只有星星和叶子混作一团

成团的气息从地心里涌出
嗅觉和赞叹之间的世界

这时来了个触觉
为事物恢复静止
超越耳朵的欺骗、眼睛的混乱
十个手指的堤坝在抬升
不信任感坚硬而且不忠诚

把手指放入世界的伤口
将事物从表面分离

啊，只有你是最真实的
你能说出爱情
只有你能让我欢喜
因为我们俩都又聋又瞎

——在真理的边缘，触觉在成长

我想描写

我想描写最质朴的感动
快乐与忧愁
但不像其他人
借助雨丝或是阳光

我想描写光芒
它诞生于我的心房
但我知道
它与任何星光都不一样
因为它不那么明亮
不那么纯净
而且飘忽不定

我想描写勇敢
却不在身后拖一头愤怒的雄狮
我想描写不安
也不把装满水的玻璃杯摇摇晃晃

换言之

我愿放弃所有的比喻
只为破胸而出的
一句话
或是为了
仅存于我皮肤之下的
一个词语

但这看来遥不可及
为了说出——我爱
我像疯子般四处奔跑
惊起成群的飞鸟
我的关切
并非用水做成
却向水要一副纯净的面孔

我的愤怒
跟火截然不同
却要向火
借一条善辩的舌头

如此混乱
如此混乱
在我内心
那些白发先生所说的
都已成为律条

他们说
这是主体
这是补体

  我们入睡时
  一只手枕在头下
  另一只手伸到星空

  双脚离开我们
  用细小的神经末梢
  品尝土地的味道
  清晨时分

  我们痛苦地打断那份美妙

声　音

我走向大海
只为倾听
海浪两次拍打之间的
那个声音

但那声音没有出现
只有海水如老人般絮絮叨叨
什么也不咸
白鸟的翅膀
晾干在石头上

我走向森林
巨大的沙漏簌簌作响
从不间断
它把树叶撒向黑土地
又把黑土地变成树叶
昆虫强大的下颚
咀嚼大地的沉默

我走向田野
绿色和黄色的图板
被昆虫的图钉固定
风的每一次触碰都让它们发出低鸣

那声音在哪里
它应该回应
当大地不屈的独白
暂时陷入沉寂

什么也没有,只剩下低语
拍掌、爆炸声

我回到家里
经验接受
抉择的形象
或者世界喑哑无声
或者是我双耳失聪

但是也许
我们两个
都注定残疾

所以我们必须
手挽着手

前行
走向新的地平线
走向抽紧的喉咙
难以听懂的咕噜声
正从喉咙里传出

阿肯纳顿*

铭文

阿肯纳顿的灵魂,此刻以鸟身示人,落在额头的堤岸小憩,以备接下来的远行。本应眺望远方的地平线,而他却注视死者的面容。那张脸就像众神的镜子。

尝试重构

"我为什么要旅行"
灵魂暗自思忖
"通过复杂的问题
走向狂吠的神祇

为什么要沿着黑暗的走廊
通过粗糙的手掌
走向天平、毒蛇和圣甲虫

我要留在这里

---

* 阿肯纳顿(公元前1379—公元前1336或公元前1334),埃及第十八王朝的法老。

了解耳朵的秘密
它们就在头边安卧
像狗们一样平展

我将扣留那些
甜蜜眼皮的小舟
让它们不要驶离
驶向鼓胀的太阳穴

我要钻进鼻孔
直到泥土的最后气息
干枯之地
我要抹掉
那个痕迹

我要在嘴角
搭建两个鸟巢
嘴沉默不语
却渐渐哭肿

我将工作
只为阿肯纳顿
与影子和解"
灵魂是这样说的

但是我们
将阿肯纳顿的石头头颅
放在膝头
能够感觉到
它如何嗅闻
如何摔打
如何喊叫

纳芙蒂蒂*

万千宠爱之后
灵魂结局如何

噢,这已不是一只大鸟
每夜扑打白色的翅膀
直至黎明

一只蝴蝶
从死去的纳芙蒂蒂的嘴中
飞出
那蝴蝶
就像彩色的
呼吸

长路漫漫
从最后一口呼吸

---

* 纳芙蒂蒂(公元前1370—公元前1330),埃及法老阿肯纳顿的王后,传说她不但拥有绝世美貌,也是古代埃及历史上最有权力与地位的女性之一。

到最近的永恒

蝴蝶飞舞在
死去的纳芙蒂蒂的头顶
将她裹进
一个蚕茧

纳芙蒂蒂
蚕蛹呀
要等待多久
直到你的飞离

直到你拍打双翼
将你带往
白天———一天
夜晚———一晚

飞向深渊的所有大门之上
飞向天空的所有绝壁之上

去克拉科夫的旅途

火车刚刚启动
一个黑发的高个儿男人
开始与一个年轻人攀谈
年轻人膝上放着一本书

"您喜欢读书"

"嗯,喜欢"年轻人答道
"时间过得快些
在家里总有活计
在这儿不妨碍别人"

"大概是这么回事儿
您在读什么"

"《农民》[①]"年轻人答道
"很真实的一本书

---

① 波兰作家、诺贝尔文学奖得主莱蒙特的长篇小说。

只是有点儿长
能读整个冬天"

"《婚礼》① 我也读过
那是部剧作
很难懂
人物太多"

"《洪流》② 完全不同
情节栩栩如生
是本好书
差不多跟电影一样好"他说

"《哈姆雷特》——外国作家写的
也很吸引人
只是那个丹麦王子
有点儿太过于哭哭啼啼"

火车经过隧道
车里漆黑一片
谈话戛然而止
真正的评论者沉默不语

---

① 波兰戏剧家、画家维斯皮安斯基的戏剧作品。
② 波兰作家、诺贝尔文学奖得主显克维奇的历史小说。

在白色的书页边上
留下手指和泥土的印迹
用硬指甲标记出
赞美和谴责

尖刺与玫瑰

圣依纳爵①
浑身雪白,光芒四射
从玫瑰旁边经过
他扑向玫瑰花丛
弄得遍体鳞伤

他渴望用黑袍的钟声
压制世界的美貌
那美丽从大地喷薄而出
就像发自于伤口

而当他躺在
荆棘摇篮的底部
他看到
从额头流下的鲜血
在睫毛上凝结

---

① 安条克的圣依纳爵(67—110),为后使徒时代的基督教领袖之一,以殉道受难为荣。最后被罗马统治者抛入野兽的笼中而死。

变成玫瑰形状

而盲目地
寻找尖刺的手掌
被花瓣甜蜜的触碰
刺穿

被骗的圣徒失声痛哭
在花朵们的讥笑声中

尖刺与玫瑰
玫瑰与尖刺
我们在寻找幸福

我们那些死去的亲人在做什么

今天早晨杨①来了
他说
我梦见了父亲

他躺在橡木棺材里
我就走在大车旁边
父亲对我说：

你们给我穿得很漂亮
葬礼也很体面
这个季节这么多鲜花
一定花了不少钱

父亲不用担心
我说——让人们看看
我们多么爱父亲
做什么也不会心疼

---

① 波兰人名，即约翰。

　　　　六个身穿黑色礼服的人
　　　　优雅地走在两边

父亲沉吟了片刻
他说——办公桌的钥匙
在银色笔盒里
左边第二个抽屉里
还有点儿钱

用这些钱——我说
我们给您买一块
黑色大理石的大墓碑

不需要——父亲说
最好给穷人们分掉

　　　　六个身穿黑色礼服的人
　　　　优雅地走在两边
　　　　抬着燃烧的灯火

他似乎又思索了片刻
——照看好花园里的花
　　冬天得盖好
　　我不想它们被冻死

你是最年长的——他说
画的后面有个小袋子
里边的袖扣你拿去吧
上面镶的是真珍珠
希望会给你带来好运
那是我通过中学会考时
妈妈给我的
再后来他就陷入了沉默
显然是沉沉地睡去了

他们是如此关心我们
我们那些死去的亲人
在梦里提醒我们
送回丢失的钱
帮我们争取职位
低声读出幸运号码
或者当他们不能这么做时
就用手指敲敲窗户

而我们出于深深的感激
为他们想出的不朽
像鼠洞一样寂静无声

寓 言

诗人模仿鸟鸣
探出长长的脖颈
而凸起的喉结
像一根笨拙的手指
在旋律的翅膀上舞动

在歌唱时他深信
能加速唤起旭日东升
歌声的温暖、高音的纯净
都取决于此

诗人模仿石头的梦
双手抱头
就像一尊
呼吸缓慢而痛苦的雕塑

在睡觉时他深信
唯有他能探究存在之秘
无需神学家的帮助

就能将永恒摄入饥渴的口中

若非诗人的忙碌
围绕鸟儿和石头转个不停
什么能让这个世界
变得如此丰盈

木　槌*

有这样一些人
在头脑中培育花园
而他们的头发是小径
通往阳光之城和白色之城

只要一闭上双眼
他们就文思泉涌
面前浮现出
无数的图景

我的想象
是一块木板
而我的全部乐器
就是木棍一根

我敲击木板
而它向我回答

---

* 一种打击乐器,由一个木槌和一个木板连接在一起而成。

是——是
不——不

其他人有绿色的树钟
蓝色的水钟
我有一只木槌
来自无人看管的花园

我敲击木板
而它低吟一首
道德家干涩的长诗
是——是
不——不

被星星选中的人

这不是天使
这是个诗人

他没有双翼
只有一只
长着羽毛的右手

他用这只手在空中扑打
飞起三英寸
又立刻落下

当他落得太低时
就用双腿弹跳
挥舞那只长着羽毛的手
在空中做片刻停留

啊,假如能挣脱泥土的引力
他就可以住进群星的窝里
就可以从光线跳到光线

就可以……

但是群星
一想到自己
会成为他的土地
立刻吓得纷纷坠落

诗人用那只长着羽毛的手
遮住双眼
不再幻想飞翔
而是幻想坠落
如闪电勾勒出
无垠的轮廓

关于现实主义的三项研究

一

那些描绘湖面的粼粼波光
云朵和天鹅在溪边戏水的人
那些比任何人都善于再现梦的甜美
头颅下的裸肩、舒展的绿叶和天空的人
一旦他们有勇气讲述大海
就很容易将这个词放进粉色堤岸环绕的口中

他们用柳条编织的小筐抬着我们
将我们送到我们曾吮吸乳汁的胸膛
休对他们喊叫,说他们的世界没有风暴
会像日落时分折下的花朵般凋零
他们狭小、圆润、温暖的现实
就像牧羊人吹响牧笛时的面孔
他们以为我们会找到幸福
在带有彩虹的风景里,在宁静心中

二

那些描绘理发馆内部
邋遢的老人、驴子和蔬菜
以及凶恶的兵痞们放纵酗酒的人
一切都使用沉重的棕褐色
光线穿过烟熏火燎的房屋梁架
洒落在桌面上
上面抛洒着多汁的黄和朦胧的蓝
光线是用来
磨尖驼背大师的那支粗笔

所以他们溜进出租房屋里
偷窥心灵就像偷看装银币的钱袋
只看到一个数珍珠的盲人
一个被侮辱的姑娘,一些被殴打、被欺骗的人
深沉的悲泣和阁楼上的绳索

画笔执着地请求
洪流的明亮之水

三

最终他们
派生为正反两面的作画者
只懂得两种颜色

"是"色和"不"色
他们发明了一些简单的符号
张开的手掌和握紧的拳头
歌唱和哭泣
小鸟和子弹
面带笑容和露出牙齿

他们说
有一天当我们住进水果里
我们将使用精致的"也许"色
和泛着珍珠光泽的"在某些条件下"
但是此刻,我们在练习两个合唱
并且把你
抛到空空的舞台上
在刺眼的灯光下
大喊:快选吧,趁还有时间
快选吧,你在等什么
快选

为了帮助你,我们会稍稍推动天平的指针

从不说你

我从不敢说起你
我们那个街区的广阔天空
也不敢谈及你们,止住空气瀑布的那些屋顶
美丽蓬松的屋顶是我们那些房屋的秀发
关于你们——壁炉,我也沉默无语
你们是忧伤的实验室
伸着长长的脖颈,却被月光抛弃
还有你们,开着或关着的窗户
当我们魂断异乡,你们横着裂成两截

我甚至不会描写那座老屋
它熟悉我的所有逃离和归来
虽然狭小,却不曾将眼睑紧闭
什么也无法重现绿窗帘的气息
还有我持着烛火上楼时
楼梯发出的咯吱声
以及大门上的那片树叶

实际上我想写那座老屋的门锁

它粗糙的手感和友善的吱扭声
虽然我对它了如指掌
但只是残忍地重复寻常的单词
两次心跳之间容下那么多情感
一双手也可以握住那么多物品

你们不要惊讶于我们不会描写世界
我们只是敏感地对事物以你相称

不正确

这就是我不严肃的美丽
脆弱得像头发、像玻璃

我整理自己的歌唱设备
在首都的边缘,在恐怖的前夜

  这里有个陶醉的小杯子
  还有琴弦像只被打死的蟋蟀
  竖琴的大小不超过孩子的手掌
  虚伪的阴影,伴装的笑容

  这是日落色彩的珠宝盒
  爱抚的宝盒,眼泪的香水瓶
  音乐和青春的一缕发丝

  在用身体丈量铁轨时
  我将像面包和爱情一样将它们随身携带

  这就是我脆弱的美丽

我整理自己的歌唱设备
在大海的岸边，在飞舞的沙中

而海浪看到我的轻浮
献给我一块石头而非鲜花

成　熟

已经逝去的是美好的
即将到来的是美好的
甚至此刻
也很美好

　　在用身体编织的鸟巢里
　　生活着一只小鸟
　　它用翅膀拍打心脏
　　我们通常将它称作：不安
　　但有时也叫：爱情

　　多少个夜晚
　　我们前往遗憾的湍流
　　在河里可以审视自己
　　从脚到头

　　此刻
　　鸟落到云底
　　河沉入沙粒

我们像孩子般手足无措
　　　又阅历丰富如那些老者
　　　我们不过是获得了自由
　　　就是说已经准备好离去

夜里来了一位慈祥的老人
用和善的手势发出邀请
——你叫什么——我们惊恐地问
——塞内卡——那些初中毕业的人这么叫我
而那些不懂拉丁语的人
叫我：死者

白　石

只要闭上双眼——

我的脚步正离我远去
就像喑哑的钟声
空气和我自己的声音将把它吞噬
我的声音远远地呼喊
凝结成蒸汽气团
双手拢在呼喊的嘴边
正在慢慢下落

瞎眼的野兽，触觉
正退往深处
退往黑暗潮湿的洞窟
只剩下身体的气味
燃烧的蜡烛

此刻在我内心生长的
既非恐惧，也非爱情
而是一块白色的石头

因此命运就这样实现
它将我们画在浮雕的镜面上
我看到凹陷的脸、隆起的胸和没有听觉的膝盖
翘起的双足，一束干枯的手指

比大地之血更深
比大树更加繁茂
它就是白石
冷漠的圆满

然而双眼又开始叫喊
石头退却
又变成一粒
沉在心灵下面的沙砾

我们吞咽图画，填充空虚
声音与空间顽强争斗
双耳、双手和嘴巴在瀑布下颤抖
运送印度香料的轮船
驶入鼻腔的穹顶
从天空到眼睛盛开彩虹

白石，等一等
只要闭上双睛

阳　台

哎！阳台，我不是牧羊人
香桃木林、小溪和白云皆非我有
我只余阳台，一个被放逐的乐园人
我必须注视屋顶，就像看茫茫大海
那里沉船连篇累牍地控诉浓烟滚滚

我还余何物，曼陀林①喊叫又能如何
短促的飞翔，然后落到石头的底部
那里在看客中间有人在等永恒的到来
同时交出一点儿鲜血作为交换

不，这并非我所期待，这不是青春
头裹绷带站着，双手用力握紧
口述愚蠢的心灵，被射穿的鸟儿呀
请留在这山崖之上，在绿箱子里
有一枚香气扑鼻的豌豆和旱金莲花

---

① 一种小型弦乐器。

黄昏时分的风来自修剪齐整的花园
带着衣领上的头屑,海风,蹩脚的风暴
灰膏撒落在甲板上,阳台的甲板上
头缠绷带,带着缆绳的残骸如一缕发辫
我站在衰老的自然力那顽石般的严谨之间

是的,钟表呀,是的,毒药呀,这将是唯一的旅行
乘坐渡轮前往彼岸的旅行
那里没有海的阴影,没有岛的阴影
只有些阴影属于我们的亲人

是的,这只是渡轮之旅,是前往终点的渡轮
阳台呀,乞丐们在下面唱着怎样的痛苦
向他们的失望中再插入一个声音
那是渡轮之旅前实现和解的声音

　　——请你们原谅,我爱你们还不够
　　在寻找真正的花园时我浪费了青春
　　还有雷鸣般的海浪中那些真正的岛屿

有家具的房间

这个房间里有三只旅行箱
床不是我的
柜子上带着镜子的霉斑

当我打开门
各种设施瞬间静止
熟悉的气息笼罩而来
汗水、失眠和被褥

墙上的一幅小画
展现维苏威火山
戴着烟尘的羽冠

我没见过维苏威
我不相信活火山

第二幅画
是一幅荷兰室内图

一双妇女的手
从昏暗之中伸出
倾倒水罐
牛奶的细流涓涓淌出

桌上有刀子、桌布
面包、鱼和一堆洋葱

跟随金色的光线
我们走上三层台阶
透过虚掩的房门
能看到方形的花园

树叶呼吸着光线
鸟儿托举着日子的甘甜

不真实的世界
如面包般温暖
如苹果般金黄

剥落的壁纸
粗犷的家具
墙上斑驳的镜子
这才是真实的内景

在我和
三个箱子的房间里
日子融化在
梦的水坑里

雨

当我的兄长
从战场归来
额头上有一颗银星
而银星下面
是一道深渊

那是一块霰弹弹片
在凡尔登附近击中了他
又或许是在格隆瓦尔德①
(细节他已记不清)

他喋喋不休
用各种语言
但他最喜欢
历史的语言

---

① 格隆瓦尔德之战,1410年波兰-立陶宛联军与条顿十字军之间的一场大决战,以波兰-立陶宛联军获胜而告终。

他把倒下的战友——拖起
罗兰、菲力克夏克、汉尼拔
累得几乎断气

他大喊大叫
说这是最后一次十字军远征
说迦太基①就要陷落
然后抽泣着承认
拿破仑并不喜欢他

我们看着他
脸色变得苍白
意识离他而去
渐渐化作纪念碑

变成音乐的耳廓
进入了石头森林

而脸上的皮肤
被两颗失明的
干枯的
眼睛纽扣

---

① 古国名,存在于公元前 8 世纪至公元前 146 年,位于今北非突尼斯北部,首都为迦太基城(今突尼斯城)。公元前 146 年前后,古罗马攻破迦太基城,标志着古迦太基的灭亡。

紧紧扣住

他只剩下
触觉

这是些怎样的故事
他用手讲述
右手里是爱情
左手里是战士的回忆

人们带走了我的哥哥
将他运到城外

现在他每年秋天回来
清瘦而寡言
他不想进屋
总是敲敲窗让我出来

我们沿着街道散步
他给我讲述
那些并非虚构的故事
用瞎眼的哭泣手指
触碰那些面孔

自然课老师

我已经无法想起
他的脸

他高高地站在我面前
两条长腿叉开
我看到
一条细细的金链
灰色双排扣长礼服
还有瘦削的脖颈
上面挂着一条
死气沉沉的领带

他先向我们展示
一只死青蛙的腿
用针去刺的时候
会突然收缩起来

用一台金色显微镜
他把我们引入

一个隐秘的世界
我们的祖先
草履虫的世界

他带来了一颗
黑色的种子
说：这是麦角①

由于他的劝说
在生命的第十个年头
我当上了父亲
在紧张的期待之后
从泡在水中的栗子里
伸出一个黄色的嫩芽
于是周围
充满了欢声笑语

战争的第二年
一些历史坏蛋
打死了自然老师

如果他去了天国——

---

① 麦角是谷类作物被真菌感染所形成的黑色子实体。

也许现在
正踩着长长的光线行走
穿着灰色的长筒袜
拿着一个大口袋
还有一个绿色的箱子
在背后欢快地晃荡

而如果他没去上边——

当我在林间小径
碰到一只甲虫
正缓慢爬上一座沙丘
我走上前
说：
"您好！教授先生
请允许我帮帮它"

我轻轻地移动它
然后久久地注视
直到它消失在
树叶长廊的尽头
阴暗的教授办公室里面

采竹人

雾霭何其浓重
头顶笼罩山岚
唯有青青竹枝
依稀浮现眼前

青天隐身何处
时而震颤云朵
时而震颤光线

那些翩翩少年
驻足阳光梯田
注视夜莺玫瑰
缠绕金色丝线

那些翩翩少年
大声诵读祈祷
天气金色发辫
眼前轻轻招摇

野鸟高声啼鸣
四野雾气昭昭
唯见蒙蒙细雨
灰暗竹雨飘飘

带狮子的麦当娜

可以骑驴走过大地
但实际上玛利亚骑着
如鲤鱼般肥硕
如剃头匠的盘子般闪光的月亮
创世树全都抬起头
首字母之花屏住呼吸
"让她受到赞美!"——鸟儿们呼喊
"你好!"——先知们的女王回答
木工的妻子
玛利亚

但她最喜欢
骑着健硕的棕黄色雄狮旅行
雄狮行步稳重轻盈
而只要拍一下它的鬃毛
被驯服的惊雷就会爆发
这头狮子优秀绝伦
对待一切都严肃庄重
在每棵树下都闻一闻记号

双刃天使跟在玛利亚身后
满口都是终极话语
紧随其后的是玛利亚的宠儿——小天使
在身后帮她提着斗篷
她的影子折成四折
小天使温柔而善良
只是没有听力

他们已经抵达
狮子嗅到牛棚里满是胡萝卜
发出低吼
在遍植黄杨树的大道尽头
是彩色的天堂路障

第七个天使

第七个天使
与众不同
甚至名字也特立独行
他叫舍穆克尔①

不像加百列②
遍体金光
神座与幔帐的
支柱

也不像拉斐尔③
是合唱团的调音师

更不像

---

① 这是诗人为第七个天使创造出的名字,似乎是基于希伯来语中"上帝是你之名"一语。
② 大天使之一,存在于西方不同宗教中。
③ 大天使之一,名字意为"神治愈了"。

亚兹拉尔①
行星的驾驶者
无限的测量员
理论物理学大师

舍穆克尔
浑身乌黑,神色紧张
他曾多次受罚
因为偷渡罪人

在深渊
和天堂之间
他脚步匆忙

对自己的尊严毫不在意
人们留他在队伍里
皆因数字"七"

但他与别人都不一样

不像队伍首领
米迦勒②

---

① 犹太教中"恶"的化身,伊斯兰教中的"死亡天使"。
② 西方宗教中的大天使之一。

鳞片和羽毛覆盖全身

也不像亚兹拉斐尔①
世界的装饰者
繁茂植物的保护神
翅膀如两棵橡树簌簌作响

甚至不同于戴德拉尔②
卫教者和玄学家

舍穆克尔，舍穆克尔
——天使们大声抱怨
你为什么不完美

拜占庭的画师们
在描绘七天使时
重新塑造舍穆克尔的形象
让他与其他人比较相像

因为他们认为
自己会堕入异端
假如画出

---

① 一般认为是"死亡天使"之一。
② 同样是诗人创造出的天使名。按照亚拉姆语似乎意为"上帝之手"。

他真实的模样
浑身乌黑
神色紧张
破旧的光环罩在头上

关于译诗

像只笨拙的大黄蜂
落到花朵上
柔弱的枝条被压弯了腰
它从层层的花瓣中挤过
层层花瓣就如字典的纸页
它要钻到最深处
那里有芳香和甜蜜
虽然伤风感冒
毫无胃口
却毫不退缩
直到脑袋撞到
黄色的立柱

到此结束
通过花盏
很难进到根部
所以黄蜂出来
充满自豪
嗡嗡叫着大声宣告:

我到过里面了
有些人将信将疑
它就把鼻子
向他们翘翘
上面有些黄色粉末

粉色的耳朵

我以为
对她了如指掌
须知我们已共同生活多年

我熟悉
她小鸟般的头颅
雪白的双肩
和白皙的腹部

直到有一次
冬天的夜晚
她坐到我身边
灯光从她背后
照射过来
我看到一个粉色的耳朵

一块儿可笑的皮肤
一个贝壳
里面带着鲜活的血液

那一刻我什么也没说

最好能写一首诗
关于粉色的耳朵
但不要写得让别人议说
他也选这样的题目
想故作另类出格

甚至不要让任何人发笑
要让人们懂得
我是在公开秘密

那一刻我什么也没说
当夜阑人静同床共枕时
我轻轻地尝了尝
那个粉色耳朵的
异域味道

插 曲

我们去海边漫步
双手紧握着
一段古老对话的两端
——你爱我吗
——我爱你

我双眉紧蹙
努力浓缩所有的智慧
它们源自两部约书
源自占星师、预言家
花园里的哲人
修道院的哲人

而听起来差不多是这样：
——别哭
——坚强些
——看看所有人

你噘起嘴说

——你应该当个布道者——

你气鼓鼓地离开
人们不爱道德家

在小小死海的岸边
我能说些什么

海水慢慢灌满
已经消失的脚印

灵魂丝绸

我从未
和她谈起
关于爱情
关于死亡

只有盲目的味觉
无声的触觉
在我们之间奔跑
我们躺得很近
却沉醉在自己的内心

我必须
窥探她的内心
看看里边
有些什么

她睡觉时
嘴唇微启
我往里窥视

有什么
有什么
你们猜
我看到了什么

我期待看到
一根树枝
我期待看到
一只小鸟
我期待看到
一栋房子
矗立在广阔而宁静的水边

而那里
在玻璃板上
我看到
一双丝袜

我的天哪
我给她买那双丝袜
一定买

但然后会出现什么
在小灵魂的

玻璃板上

会是一件
梦想的任意一根手指
都无法触及的东西吗

我的城市

大海在海底
摆放一颗盐星
空气在提取
闪光的石头
零散的记忆
构建城市地图

街道似海星般伸展
远处的广场似行星分布
还有花园如绿色的星云

  退休老人们戴着软塌塌的鸭舌帽
  在抱怨物资匮乏

  金库的底儿千疮百孔
  珍贵的石头正在流失

  我梦见
  从父母的家去学校

该怎么走我很清楚

左边是帕山达①的商店
第三中学和书店
甚至能透过玻璃
看到老博代克②的头

我想转向大教堂
景物突然中断
没有了下一段
已不能再向前行
而我清楚地知道
那不是一条死胡同

飘忽的记忆之海
冲刷、撕扯那些画面

最后只剩下一块石头
我就降生于此

---

① 姓氏。
② 似乎是指马克西米连·博代克,他是利沃夫的书店老板和出版商。马克西米连·博代克(约1892—1933),出生于一个古老的犹太书商家庭,父亲是萨穆埃尔(1866—1928),在巴托雷大街46号经营一家旧书店(大约是从父亲那里继承而来),同时还经营着一家出版社。他也是利沃夫"维塔"出版公司的合伙人,该出版公司主要出版教辅材料。——原注

夜复一夜
我赤脚站在
我的城市
那紧闭的大门前

五个人

一

清晨他们被带到
岩石的庭院
在墙下站成一排

五个男人
两个年少
余下的正值盛年

关于他们
可说的仅此而已

二

当行刑队把枪
举到眼前
一切突然静止
在耀眼的
现实之光里

黄色的高墙
冰冷的蔚蓝
墙上黑色的铁丝网
替代了地平线

这是五种感官
反抗的一刻
它们渴望逃脱
就像老鼠逃离沉船

在子弹抵达目的地之前
眼睛会看见飞来的弹头
听觉将记录钢弹的呼啸
鼻腔里灌满刺鼻的浓烟
下颚会触碰血液的花瓣
而触觉将收紧然后舒展

此刻他们已倒在地上
阴影笼罩他们的双眼
行刑队走开
他们的纽扣皮带
还有钢盔
都比躺在墙下的人们
更加生机勃勃

三

我得知此事并非今日
也不是昨天
可我为何要写
那些风花雪月的诗

五个人说了些什么
在执行的前夜

关于有预兆的梦
关于在妓院的奇遇
关于汽车零件
关于海上旅行
关于他手里有一张黑桃
不该将它亮开
关于伏特加最好
葡萄酒让人头疼得厉害
关于姑娘
关于水果
关于生活

因此
可以在诗里使用希腊牧羊人的名字
可以痴迷于记录清晨天空的色彩

可以描写爱情
也可以
再一次
带着死一般的庄严
向被背叛的世界
献上一朵玫瑰

生 平

一

他写了第一首关于玫瑰的诗
并在泪雨中将这朵人造玫瑰洗净
那是初中
二 A 班

他向唯一的心灵宣誓
将永远保卫美丽
不会畏惧暴力
决不,决不
永远,永远

在长凳的椅面下
躺着那个少年
把蹩脚的誓言
压在胸前

椅面上有他的姓氏

写成锥形的模样

Puer bonus① 的变体
旁边写着 Jadzia②

二

校工拿着大铃铛跑出来
大张着嘴巴
摇响了火灾的警铃

画面彻底颠覆

白色的楼房变得火红
接着,学校后面的大树
也进入了画面

一些全副武装的男人
跑进男孩们玩耍的庭院
大搜捕开始
有些人成功逃脱
逃进森林里
继续做着游戏

---

① 拉丁文,意为"好男孩"。
② 波兰女孩名。

扮演军警和匪徒

三

那个二 A 班的学生——
实际上
已完全是另一个青年

他买卖外币
被扇了耳光
被拉去枪毙
躺在水泥地上
顽强地挣扎
爬向那个
盛满生命渴望的碗

他已骨瘦如柴
但却活了下来

在被解放的时候
由于羞耻
他第二次哭了起来

四

应该还给他公正
而他慢慢接受了这样的人生

各类事件的湍流不断涌来
他站在旷野中无比绝望

他在废墟中搜寻纪念品
用逝者的名字默默祈祷

诗歌是记忆的女儿
在旷野中保卫身体

诗歌低语的价值在于
其中有多少那些人的呼吸

他孤独地坐在桌边
用手指敲击，呼唤空虚

五

亲切的他在身边坐下
说
不忍看你如此受苦
甚至文笔也越来越糟
那些死者贪婪的嘴巴
将会把你吸干

在一根琴弦上

你只能弹出蚊子般的控诉
活人们贪婪的手
会将你抛弃

我知道
这令人难以接受
并非一切
尽如人意

然而请你
向未来前进
走出回忆
走向希望的土地

面向死去的人们
你曾试图叫住时间
面向那些未出生的人
请你也试着叫住时间

谁也不想
让你背叛自己
请你留在自己的天地
写那些无有的东西

六

诗人整夜阅读

那些经济学简报
整夜建造天堂
为自己死去的亲人

那是一个白色大楼
就像一块奶酪
人人都会在里边
有一个属于自己的孔洞
肥腻、宁静而温暖

那个天堂将准备就绪
当各个阶层的争斗结束
当我们从一公顷土地
能得到多少得到多少

那时候
十亿个灯泡将会点亮
扩音器将大声播放歌曲

七

诗人又在写作
呼唤未出生的人们
来到未来的天国

在岩石悬崖上空

展开一座稻草桥

他从上面跑过
真如希望般草率

八

在城市中央
为诗人重造了一张小桌

为艺术家们
重建了咖啡馆和水族馆

现在他已不是独自一人
一位年轻音乐家与他同坐
还有一位雕塑家
一位棕红色头发的批评家
和两个模特

"与人民同行多么美妙"
诗人心想
同时在桌子底下抖着双腿

有时他们讨论
专制制度
是否排除真正的艺术

然后他们彼此对视
爆发出一阵笑声
笑自己还没有摆脱
修辞的问题

致拳头

五个手指,在琴弦上漫步
将如火中的钢铁
向石榴的果实,向死结弯腰

十个手指,呵护的男侍们
将跪于撕碎敏感的丝绸之下
然后像叶子般死去

万千个手指,手掌之花
称量开放的友谊和种子
在漫长的白天编织蚕茧

这时一个伟大的统治者到来
细线混作一团,友谊彼此纠缠
空话的罂粟壳发出声响

然后鲜血凝固在旗帜上
凝结成团的手指举到头顶
同样凝结成团的手指变成大脑的拳头

请　求

也请教会我们弯曲手指
并从另一侧撑住房门
那些房间属于已然空洞的爱情

让它在需要时也变成拳头
它曾如此渴望幸福
也曾把纤弱的火苗呵护

而在战斗之后
请允许我们舒展手指
即便手里已一无所有

当你以张开的手掌接受失败
当你将头骨捧入温柔的手指
那时一切就将从头开始

张开的手掌是伟大的事业
沿着琴弦旅行，在游戏之后
幸存的最后一颗种子

装饰家

那些装饰家、雕塑家和石膏像制作者
飞翔天使的创造者
他们应备受赞誉

还有那些制作飘带
和飘带上感人词句的人们
（来自大江大河的风将飘带托起）

那些关注
音调是否纯净的小提琴手和笛手
守候着巴赫的《G弦之歌》①

还应该明白
诗人们嘴里说着微笑、手掌和眼睛
却是在保卫儿童

---

① 又名《G弦上的咏叹调》，是巴赫《第三号管弦乐组曲》的第二乐章主题，充满诗意的旋律美，使此曲成为脍炙人口的名曲，是巴赫的代表作之一。

他们是对的，寻找真理不是艺术的事
这是科学问题
石膏像制作者守护着心灵的温暖

为了大门上方有马赛克
有鸽子、树枝或者鲜花中的太阳
（门后有个人用绳子牵着这些象征物）

已经有了这样的词句、颜色和韵律
它们会哭会笑栩栩如生
石膏像制作者保存这些词句

至于同时有人在推动黑暗的磨盘
我们这些石膏像制作者毫不在意
我们是一群享受生命和快乐的人

    在欢乐游行的大街上
    灰色的监狱之墙刺人眼睛
    完美景象里一个丑陋的污点

    人们把最好的石膏像制作者召来
    他们整夜涂抹
    甚至把坐在另一侧的那些人的后背涂成粉色

鼓之歌

牧羊人的笛声已然远去
星期日号角的金光
绿色的回声
圆号和小提琴也已远离

  只剩下鼓
  继续为我们奏鸣
  盛典进行曲,忧伤进行曲
  质朴的感情踏节拍而行
  双腿僵硬的鼓手演奏
  一个思想,一个单词
  当鼓呼唤陡峭的悬崖

  我们带着麦穗或者墓碑
  聪明的鼓能为我们占卜出什么
  当步履击打石子路的皮肤
  这将改变世界自豪的步伐
  是去游行,去发出一个呐喊

终于整个人类一起前行
终于每个人都跟上了步伐
一张小牛皮，两根棍子
击碎了高塔和孤独
沉默也被碾碎
当共同赴难时死亡已不可怕

灰烬的烟柱升在游行队伍上空
驯顺的大海将让开道路
我们将下到深渊底部
到空荡荡的地狱，还要向上
检查天空的不真实性
解除了恐惧的整个队伍
将变成一粒沙
被蔑视的风带走

最后的回声总会过去
在土地不驯服的霉斑之后
将只剩下鼓、鼓
溃散的音乐的独裁者

小小鸟

哦,如智慧树般绿荫如盖的大树
注定成为我们鸟儿的绿色家园
在旋转气团被抑制的呼吸下
在沙子和泥土、泥土和沙子之间
在众多的沙漠中间
满怀爱意的风给沙漠只带来干燥的灰烬雨

如何能定居他处而不在唯一的树上栖身
当听到下落的蜜蜂如密集的雨滴
还有树叶像盛满水的罐子发出簌簌声

我是一只小小鸟,我知道自己的位置,我知道
自己被固定在树枝,我想做一片树叶
一片微微抖动的最小树叶

  ——因为一条聪明的蛇住在树上
  它缠绕大树,统治大树
  它说谁离开大树就会死亡
  因为饥渴和对自己的恐惧

　　　　哪怕将自己的逃跑美其名曰追求自由

　　　　我实话告诉你们,聪明的蛇说
　　　　如果你们不像树叶一样听话
　　　　一样的谦卑,懦弱,对风驯服
　　　　你们就会死去,而且死后痕迹皆无——

我是一只小小鸟,我知道自己的价值,我知道
我不像那只岩石下的蟋蟀
自由自在,思想轻率,因为它只有个硬壳
很快就会变成——死后空空的纪念碑
而我们有自己的历史和鸟巢的废墟
房屋里都聪明地铺满了绒毛
我们还有歌唱学校,我们相信
它能熬过那些默然无语、缺乏乐感的群星
——当一只鸟死去,天上立刻就会出现一个洞
灰色的粉末会从中撒落,撒向大地上的绿茵

*

献出翅膀最初有些疼
但为这疼痛可以放开喉咙
然后是热爱静止不动
恐惧在口述歌词的内容

用这首歌推延判决

我们听命于生命的本能
当我们赞美甜蜜的暴力时
在心底隐藏着反抗的火种

  绵长的赞歌通过狭窄的喉咙
  喉咙大概会因而迸裂

  当心灵把不动的眼睛拉得太近
  心灵也会裂开

  在树下读书的你
  在人群中间就是一只鸟

  给你这羽毛①——如果可以的话
  请为我的死写一首挽歌

  请你在羽毛里保留
  恐惧、爱和绝望的颜色
  也许你能用它写一首长诗
  关于严酷时代鸟儿们的命运

---

① 波兰语中"羽毛"和"钢笔"是同一个单词。

关于俄国移民的寓言

那是在一九二〇年
也许是一九二一年
俄国移民们
来到我们这里

他们棕色头发、身材魁伟
有着梦想家的眼睛
同行的女人如梦一般

当他们走过市场
我们说——候鸟

他们常去参加地主的舞会
四周窃窃私语——真是些上等人

但当游戏的灯光熄灭
只剩下一群无助的人

灰色的报纸仍然缄默

只有纸牌游戏表示同情

窗外的吉他陷入沉寂
甚至黑色的眼睛也开始发白

带哨的茶炊①在夜晚时分
送他们前往故乡的车站

几年后
人们谈论的只有三个人
一个疯了
一个上吊自杀了
还有一个是男人们经常造访的女人

其他人生活在边缘
慢慢变成了灰烬

> 这个寓言是米柯瓦伊讲的
> 他明白历史的必然性
> 为了恐吓我或曰说服我

---

① 俄国特有的煮茶用品。

如何将我们引进来
献给那些两面派的保护人

我在大街上玩耍
没有人管我
我用沙子堆城堡
嘴里嘟囔着兰波的诗

一次,一位老先生听到了
男孩儿,你是个诗人
我们正好在组织
一次自下而上的文学运动

他摸了摸我脏兮兮的小脑袋
给了我一个大大的棒棒糖
甚至还给我买了件
年轻保护色的衣裳

自从参加初领圣体仪式
我就再没穿过
这么漂亮的衣裳

一条短裤配上大大的西服领

带搭扣的亮面黑皮鞋
长到膝盖的白袜子
老先生抓住我的手
带我去参加舞会

那里有其他的小伙子
也是身着短裤
下巴刮得溜光
两腿蹭来蹭去

玩儿吧，小伙子们
为什么站在角落里
——老先生们问
来吧，站成一个圈

而我们不想玩追人游戏
也不想玩藏猫猫
我们已经受够那些老先生
我们已经饥肠辘辘

所以他们立刻把我们
带到一张大桌旁
给了我们果汁水

还有一人一块蛋糕

现在小伙子们站起身
全都打扮成成年人
他们用粗重的嗓音赞美
或者打我们的小手

我们什么也没听到
什么也没感受到
只是用睁大的眼睛
盯着那块蛋糕
它正在逐渐融化
在我们热乎乎的手中
人生中这第一份甜品
消失在黑暗的袖子里

成　分

无论是在被军旗鲜明的影子熄灭的脑袋里
无论是在遗弃于旷野之上的敞开的胸膛里
无论是在举着冰冷的权杖和苹果的手掌里
无论是在钟的心里
无论是在教堂脚底
都不包含所有东西

那些沿着郊外崎岖不平的道路推车的人
那些抱着红菜汤瓶子从火灾中逃出的人
那些重回废墟，并非为呼唤死者
而是为了找回铁炉子烟囱的人
虽忍饥挨饿——仍热爱生活的人
虽被扇耳光——仍热爱生活的人
很难对他们以花朵相称
但他们是身体
是鲜活的血浆
两手可用来遮挡脑袋
两腿可用来飞速奔逃
获得食物的能力

呼吸的能力
在监狱墙下传递生命的能力

死去的是那些
更热爱美丽的语言而非肥腻气息的人们
但幸好这样的人屈指可数
民族在延续
带着沉甸甸的袋子从逃亡之路归来
建起凯旋门
为那些美丽的死难者

回　答

这将是深深积雪中的一夜
积雪能使脚步声喑哑
我们躺在深深的影子里
它把身体变成两道黄昏的水坑
我们屏住呼吸
甚至止住思想最轻声的低语

狼群和一个身着大氅
胸前摇晃着速射型死亡①的人
如果我们没被他们追踪到
那就得赶快起身逃跑
在干脆而短促的连射火光中
跑向那个渴望的彼岸

智慧教导我们
到处都是同样的土地
到处都是用白色的眼泪哭泣的人

---

① 诗人自造词。

母亲们摇晃婴儿
月亮升起
为我们建造白色的房屋

这将是沉重的无眠之后的一夜
这想象的阴谋
有面包的滋味和伏特加的轻盈
然而留在此地的选择
确认着每个关于棕榈树的梦

三个高大男人的突然闯入
将美梦打断
他们浑身橡胶和钢铁
检查姓名,检查惊恐
然后命令人们沿楼梯下楼
不允许携带任何物品
除了看门人同情的面孔

希腊的、罗马的、中世纪的
印度的、伊丽莎白的、意大利的
法国的,但首先大概是有一点儿
魏玛的和凡尔赛的
我们肩负着如此众多的祖国
于一个脊背,一片土地上

然而
这个最单一的数字守护的唯一
在这个他人将你践踏入土的地方
或者用高傲地发声的铁锹
为思念挖一个大坑

致匈牙利人

我们站在边界上
伸出双手
和空气做成的粗绳
我们为你们结成兄弟

从绝望者的叫喊中
从攥紧的拳头中
浇注出大钟
和因恐惧而沉默的心脏

受伤的石头请求
被杀死的水请求
我们站在边界上
我们站在边界上

我们站在边界上
那边界被称为理智
我们注视着烈火
我们赞叹着死亡

1956

散文诗

小提琴

　　小提琴赤身裸体。有一对瘦削的肩膀。她想用双肩遮挡自己,但徒劳无功。她因为羞涩和寒冷而哭泣。因此。噢,不,如音乐评论家们所说,是为了更加美丽。并非如此。

扣　子

最美丽的童话，是关于我们曾经年幼。我最喜欢的一个，是有一次我吞了一枚骨头扣子。那时候妈妈哭了。

公　主

公主最喜欢脸朝地板趴着。地板散发出火药、石蜡和不知道什么东西的味道。在那些缝隙里公主藏着自己的珍宝，还有红色的项链、银丝，以及一些别的、我不能说的东西，因为我曾发过誓。

母亲和她的小儿子

森林边的茅屋里,住着一位母亲和她的小儿子。他们彼此相爱,非常爱。他们一起看落日,一起喂养被驯服的时光。他们也不想死。但是妈妈死了。剩下儿子。这真是一块非常老旧的床边地毯。

醉汉们

　　醉汉是这样一些人,他们总是一干到底、一饮而尽。但他们总是撇嘴,因为在杯底又看到了自己。通过酒瓶的细颈,他们观察遥远的世界。假如他们有更大的酒量和更多的味觉,他们会成为天文学家。

羽管键琴

　　这就是一个核桃木做的小柜子,带着黑色的边框。可以设想,人们在里面藏着泛黄的信件、罗姆人的金币和蝴蝶结。而实际上那里只有一只布谷鸟,缠在银色树叶的密林里。

物　体

无生命的物体总是遵守秩序，很遗憾，对它们无可指摘。我从未见过一把椅子，能交替双腿站立，也没见过一张床，能后腿直立。还有桌子，即便是很累了，也不敢跪下双膝。我怀疑，这些物体这么做是出于教养的原因，为了不断提醒我们是多么的不稳定。

海 螺

  父母卧室的镜子前面,放着一枚粉色的海螺。我踮着脚尖走过去,然后猛地把它贴在耳朵上。我想抓住它,在它没有用单调的嗡嗡声表达思念的时候。虽然那时我还小,但我知道,哪怕我们非常非常爱某人,也总会有忘却的时刻。

国　家

在这张老地图的角落里,有一个我时常思念的国家。那是苹果、山丘、慵懒的河流、酸涩的葡萄酒和爱情的祖国。遗憾的是,一只大蜘蛛在上面结了网,又用黏稠的唾液封闭了梦想的路口。

总是这样:持着烈焰宝剑的天使,蜘蛛,良心。

猫

它全身乌黑,但尾巴带电。当它在阳光里酣睡,是你能想象的最黑的东西。甚至在梦中,也在捕捉吓呆的老鼠。凭它爪子里伸出的指甲就足以证明。它是如此可爱又可恶。它会从树上捕捉尚未长大的雏鸟。

小矮人

小矮人长在森林里。它们有独特的气味和白色的胡须。它们总是单独出现。假如能够采集到一把,把它们晾干挂在门上边——也许我们就能获得安宁。

水　井

　　水井位于广场中央,周围是连排的楼房、鸽子和高塔。泉水在冰冷的井壁动脉里脉动。它跳跃得如此不安,仿佛片刻之后就将死去。

　　高处雕刻着一只石狗的梦。砂岩雕刻的头趴在爪子中间。它正酣睡着,对世界末日毫不在意。

图书馆里的插曲

一位明亮的姑娘把头俯在一首诗上。用手术刀一样锐利的铅笔,将词语转移到白纸上,又将它们变成线条、重音和断句符。那位遇难诗人的哀伤,此刻看起来像周身被蚂蚁噬咬的活蝾螈。

当我们冒着炮火搬动他时,我相信,他余温的身体将能在词句中复活。而现在,当我看到词句的死亡,我知道,分解没有界限。我们身后,黑土地里只会遗留一些散落的音符。重音浮在空虚与尘埃之上。

黄　蜂

当繁花似锦的桌布、蜂蜜和水果从桌上被一下收割走的时候，它立刻腾身飞起。先是被卷入窗帘那令人窒息的烟雾之中，嗡嗡叫了很久。最终到达窗户时，它以逐渐虚弱的身体，一次次撞击玻璃那冰冷的、凝固的空气。在最后一次挥动翅膀的动作中，它梦到了同样的信仰，即身体的不安足以唤醒风，能将我们带往我们渴望的世界。

你们这些曾站在恋人的窗下、曾在橱窗里看到自己的幸福的人，能否将这死亡之刺取出？

疯女人

她炽热的目光,紧紧抓住我,就像抱我在怀中。她说的话与梦纠缠不清。她邀请我。"你将幸福,如果你相信,并且把自己的小车挂到星星上。"当她用胸脯喂养云彩时,无比温柔,而当平静离她而去,她就在海边奔跑,将双臂抛向天空。

在她的眼中我看到,我的臂膀旁如何站着两个天使:苍白恶毒的"讥讽"天使和强大且充满爱意的"精神分裂症"天使。

神学家的天堂

林荫道,悠长的林荫道,两旁栽种的树木精心修剪,像在英国的公园里一样。有时天使会从此经过。精心修整的发式,双翼以拉丁语的方式簌簌作响。手中拿着一个精巧的装置,名为三段论。天使步履匆匆,却不扰动空气和沙石。他一言不发,经过美德的石头象征、纯净的质量、客体的思想和许多完全无法想象的东西。他永远不会从眼前消失,因为这里没有前景。乐团和合唱团都鸦雀无声,却有音乐奏响。四处空空荡荡。神学家们总是长篇大论。这也是个证据。

死者们

  由于被封闭在密不透风的黑暗空间里,他们的脸彻底扭曲。他们很想说话,但嘴唇被沙子吞噬。有时只能在拳头里握紧空气,尝试抬起头,但动作像婴儿一样笨拙。没什么能让他们高兴起来,无论是菊花,还是蜡烛。他们无法接受这种状态,物品般的状态。

地下墓室

我可以再修改一下圣画,好让你与必然性的和解更加显而易见。我也可以再调整一下绶带,让"最亲爱的"一词成为泪的源泉。但我能拿那只黑苍蝇怎么办?它正爬到微合的嘴边,去取出一些残存的灵魂碎渣。

音乐会后

在交响乐被砍掉的头颅上方,还悬着合奏的铁剑。空空的谱架——光秃秃的枝杈,抒情曲的花瓣从上面片片落下。能看到沉默的三个层次:铁锅——轰鸣的铁锅已经冷却;浑厚的低音,正像醉酒的农民睡在墙角;而更低的地方,是被琴弓在最低处剪断的发辫。

地　狱

从上往下数：烟囱、天线、铁板、弯曲的屋顶。通过圆形的窗户，可以看到一个被绳索缠绕的姑娘，月亮忘了将她吸入自己的内心，让她成了长舌妇和蜘蛛们的美味佳肴。再往下是一个妇女在读信，她用粉扑为双颊降温，然后又接着读信。二层有个年轻人正走来走去，他在想：我带着这齿痕斑斑的嘴唇，穿着千疮百孔的鞋子，如何上街？底层的咖啡馆里空空荡荡，因为才是清晨。

只有一对恋人在角落里。他们牵着手。他说："我们将永远在一起。请来一杯黑咖啡和一杯橘子水。"服务员快步走到帘子后边，在那儿才爆笑起来。

饭 店

地毯太软。大堂里的棕榈树也让人匪夷所思。大堂经理①久久地盯着我们的脸,手里翻弄着护照。"这么重的黑眼圈,这么重的黑眼圈。我认识一个士麦那②的商人,也有一颗栽种的门牙。这年头得特别小心——到处都是告密者和蝎子们。"

在电梯里,我们站在镜子前,刚抓挠了一下,就看到脸的位置上出现了银色的霉斑。

---

① 原文为法文。
② 古城名,今称"伊兹密尔"。土耳其西部港口城市。

七个天使

每日早晨七个天使都会造访。他们进来时从不敲门。其中一个动作敏捷地从我胸中取出心脏,放到嘴边。其他几个也都一样。这时他们的翅膀会凋零,脸庞从银色变成紫红。走的时候,他们的脚步沉重,木鞋咚咚作响。心脏被他们留在椅子上,就像一个空罐子。得用一整天把它充满,好让天使们在清晨离开时不再是银色面孔,依然长着翅膀。

小 城

白天有水果和大海,夜晚有群星和大海。菲奥里大街①就是一堆欢乐色彩的组合。正午时分,太阳将白色的光柱倾泻在绿色的百叶窗上。月桂林里,驴子们唱着赞美阴影的歌。就是在那一刻,我决定信仰爱。大海沉默无声,而隆起的小城就像卖无花果的姑娘那隆起的胸脯。

---

① 意大利语,意为"鲜花大街"。

围　墙

　　我们站在围墙下。我们被剥去青春,就像死刑犯被剥去衬衫。我们等待着。在油腻的子弹落在我们的脖颈之前,会过去十年、二十年。围墙高大坚固。墙外有一棵树和一颗星。大树用自己的根拱动围墙。星像老鼠一样啃噬石头。过一百年、两百年,就会有一扇小窗。

战　争

　　一场钢铁公鸡的游行。那些用石灰画出来的年轻人。铝屑摧毁房屋,将震耳欲聋的炮弹抛到通红的空气中。谁也不会飞到天空。大地吸引身体和铅。

狼和小羊

"我抓到你了。"狼说着,打了个哈欠。小羊把泪水盈盈的双眼转向它:"你一定要吃掉我吗?真的必须这样吗?"

"很遗憾,我必须吃掉你。所有的童话里都是这么说的:一次,一只不听话的小羊离开了妈妈。在森林里碰到了恶狼,而恶狼把它……"

"对不起,这里不是森林,而是我主人的家。我没有离开妈妈。我是个孤儿。我的妈妈也被狼吃掉了。"

"无所谓。你死以后,那些儿童读物作家会照顾你的。他们会加上背景、线索和寓意。你别怨我。你不知道,当个恶狼有多糟糕。要不是伊索,我们也会蹲坐着欣赏日落。我非常喜欢那样。"

是的是的,亲爱的孩子们。狼把小羊吃掉了,然后舔了舔嘴巴。你们不要学狼,亲爱的孩子们。你们不要为了寓意而献身。

关于老单身汉的歌谣

  他们用剃须刀刮胡子。然后花好多时间在柜橱里找袖扣。认真地扎上领带，对着镜子微笑。因为现在，他们是柔滑的丝绸，而第一次恋爱时他们是粗绳。怎么办呢，一切都随时光飘逝。他们经历了这样、那样一些事。人冷却了。
  背带挂在背后。假如有孩子，一定会追着背带跑来跑去。
  "拉凯拉①，您什么时候……"穿马甲时总是这么说。必须的。

---

① 人名。

高　塔

　　高塔向下有五十厄尔①深，向上也有这么高。高塔下面的地窖里坐着一个人。国王用铁链将他绑在良心上。在美丽的一生之后，他数着时日，却并不等待。

　　高塔的顶部住着一个天文学家。国王给他买了一个望远镜，为了把他束缚在宇宙上。天文学家在数星星，但并不害怕。上边那个人和底下那个人在错过数字的圆满。

　　因此他们相互理解。他们没有鸽子，但是有一只黑猫帮他们在地窖和塔顶之间传递消息。

　　"一天到来了。"它对天文学家说。

　　而对罪犯说：

　　"一颗星星降生了。"

　　三者全都有着绿色的眼睛。

　　因为这是期待，而不是希望。

---

① 波兰古代长度单位，1厄尔约合78.7厘米。

咖啡馆

突然看到,玻璃杯已空空如也,升到嘴边的是万丈深渊。大理石小桌像浮冰一样渐渐漂远。只有镜子们在镜子里相互调情,只有它们相信无穷。

是该离开的时候了,不要等待蜘蛛的致命一跳。夜晚可以再来,为了通过降下来的铁栅栏观察那恐怖的家具屠场。被野蛮谋杀的桌椅仰面朝天,腿脚伸向石灰的天空。

熊

熊分成棕熊和白熊，又分成爪子、头和躯干。嘴巴很不错，但眼睛很小。它们非常贪吃，不想上学，而喜欢睡在森林里——那就请便吧。当蜂蜜不多时，它们就会双手抓住脑袋，非常忧伤，非常忧伤，我都不知该如何形容。那些喜欢小熊维尼的孩子会把自己的一切都给它们，但森林里有猎人走来走去，将枪管瞄准那两个小眼睛的中间。

竖 琴

水面很低。水中的光线金光灿灿又无比柔顺。风的手指在银色的芦苇中握住唯一幸存的立柱。

黑色的姑娘怀抱竖琴。她的大眼睛极具埃及风韵,像一条忧伤的鱼在琴弦中间游过。小手指在远离眼睛的后方。

海盗们

　　海盗们在玩保龄球。这时的天空一片通红。完全的红。被了弹击倒的国王正在摇摇晃晃时,一些白色轮船出现在地平线上。可以听到美妙的笑声和轰鸣。

爷　爷

　　他是个好人,喜欢金丝雀、孩子和长时间的弥撒。他爱吃锦葵糖果。所有人都说:"爷爷有颗金子般的心。"直到有一天,那颗心灵蒙上了雾气。爷爷死了。抛弃了那备受关照的美好的身体,成了一个鬼魂。

巡道工

他叫176,住在只有一个窗户的大砖块里。他走出来,一个小小的交通协管员,仿佛在用面团做的沉重的双手,向飞驰而过的火车敬礼。

四周空无一人。平原上只有一个小山丘,中间一片孤独的树。要数出那里一共有七棵树,并不需要在这里住上三十年。

倒　叙

然后，人们摆了一张大桌子，举行了一场盛大的婚宴。那一天公主比平时更加美丽。音乐响起，如月亮般美好的姑娘们在下面翩翩起舞。

好吧，但那之前是怎样的？哦，我们想都不要去想。黑女巫像蛾子一样扑打窗子。四十大盗在逃跑时丢失了长刀和下巴，而变成金龟子的龙，安静地睡在扁桃叶上。

在去德尔斐*的途中

那是在去德尔斐的途中。我恰好路过一块红色的山岩,这时阿波罗在对面出现。他走得飞快,对旁的事毫不在意。当他走近时我发现,他在玩美杜莎那因衰老而干瘪的头颅。他低声嘟囔着什么。要是我没听错的话,他一直在重复:"杂技大师必须要深究残忍。"

---

* 所有古希腊城邦的共同圣地。这里主要供奉着"德尔斐的阿波罗",著名的"德尔斐神谕"就在这里颁布。

风与玫瑰

花园里长着一株玫瑰。风爱上了她。两人截然不同,他——轻盈明亮,她——静如止水,又凝重得像血。

来了一个穿木鞋的人,用粗大的手摘走了玫瑰。风在他身后狂奔,而那个人在风面前关上了门。

"让我变成石头吧,"风悲伤地痛哭,"我本可以环绕世界,可以多年不归,但我知道,她一直在等我。"

风明白了,要真的受苦,就要忠贞不渝。

母 鸡

与人类亲密共处,最终会导致什么,母鸡就是最好的例证。它彻底失去了鸟的轻盈和美丽。尾巴翘在肥胖的屁股上,就像一顶品位低俗的大礼帽。在它罕有的欢愉时刻,即当它一条腿站立,薄膜眼皮粘住圆眼睛时,真是丑到了令人发指的地步。加之它那仿佛戛然而止的祷歌一样的歌声:关于圆滚滚、脏乎乎的白色鸡蛋的歌咏。

母鸡让人想起某些诗人。

古典学者

巨大的木耳朵被棉花和西塞罗的聒噪塞满。"伟大的修辞学家",所有人都这么说。如今没人再写这么长的句子。这是怎样的博学。他甚至会在石头里阅读。只是他从来不会想到,戴克里先①温泉里的大理石血管,是采石奴隶们破裂的血液循环系统。

---

① 戴克里先(约244—312),罗马帝国皇帝,于284年至305年间在位。

画　家

在白桦林般的白色墙壁下面，生长着绘画的蕨类植物。在松节油和各种油类的气息里，米隆再现了柠檬的悲剧，它注定与绿色幔帐共存。这里还有女人的一幕。

"我的未婚妻，"米隆说，"在占领期为我做模特。那是一个没有面包和煤的冬天。在她白皙的肌肤下，血液凝聚成青色的斑点。那时我画了温暖的粉色背景。"

铁路风景

在钢铁的枝杈上,红色和绿色的信号灯果实正在成熟。这里的站台如此宁静,站台带有装在箱子里的微型沙米拉姆花园①。

但是旱金莲和迷途的蜜蜂都毫无用处。当圆形的分针断头台指向 12:31 时,黑色的怪物将把这一切吞噬,此刻它正发出嘶嘶的响声在白色烟雾中逐渐靠近。

---

① 世界七大奇迹之一,古巴比伦的空中花园。

赫尔墨斯、狗和星星

赫尔墨斯在世界上行走，碰到一条狗。

"我是神。"赫尔墨斯礼貌地自我介绍。

狗闻了闻他的脚。

"我感觉很孤独。人们背叛神明。但是动物们没有意识，而且会死掉，这正是我们渴望的。晚上，在结束一天的旅行之后，我们会坐在橡树下。那时我会对你说，我感到衰老，真想死掉。这将是一个必需的谎言，好让你舔舔我的手。"

"当然，"狗心不在焉地回答，"我将舔你的手。它们冰冷而且有一股奇怪的味道。"

他们走呀，走呀。碰到了一颗星。

"我是赫尔墨斯。"神说道，同时从自己最漂亮的脸中选出一个，"难道你不想和我们一起去世界的尽头？我将努力让那里变得恐怖，让你不得不把头靠在我的肩头。"

"好吧。"星星用玻璃般的嗓音说，"去哪儿都无所谓。但关于那个世界的尽头，只是个天真的想法。很遗憾，世界没有尽头。"

他们走呀，走呀。狗、赫尔墨斯和星星。手拉着手。赫尔墨斯想，假如下次出来找朋友，他不会这么坦诚。

女裁缝

从一清早,雨就下个不停。对面那个女裁缝的葬礼将要举行。她梦想戴上结婚戒指,但死时手上戴着个顶针儿。所有人都笑她。只有善良的雨丝缝补天空和大地,但这也于事无补。

植物园

这里是植物招待所,管理极其严格,就像修道院的学校。青草、树木和花朵都规规矩矩地生长,见不到任何植物应有的繁茂,也可避免大黄蜂不请自来的爱抚。对于自己的拉丁名称和终将成为标本,它们始终觉得很别扭。甚至玫瑰也闭上了嘴。它们梦想着植物标本册。

老人们拿着书来到这里,在太阳钟令人昏昏欲睡的嘀嗒声中入眠。

森　林

　　小路赤脚跑向森林。森林里有很多树、布谷鸟，雅希和玛乌高霞①，还有其他很多小动物。只是没有小矮人，他们都出去了。当天色变暗，猫头鹰会用一把大钥匙把森林锁住，因为要是猫偷偷钻进去，那伤害可就大了。

---

　　① 波兰文版《糖果屋》中的主人公，中文版通常译作韩塞尔和格蕾特。《糖果屋》出自《格林童话》，讲述的是韩塞尔和格蕾特兄妹被继母扔在大森林中，迷路的他们来到了女巫的糖果屋，被抓并差点被吃掉，但凭借机智与勇气，两人最终脱离魔掌。

皇　帝

　　他做过一次皇帝。有一双黄色的眼睛和凶恶的下巴。住在满是大理石和警察的宫殿里。一个人。夜里常常惊醒、大喊大叫。没有人喜欢他。他钟爱打猎和恐怖。但也曾在鲜花丛中和孩子们照相。当他死了以后，谁也不敢摘下他的画像。你们看看，也许自己家里还有他的面具。

士 兵

士兵去打一场小仗。紫色绶带斜挎胸前。佩剑的刀头与马刺撞出一串火花。插着三根羽毛的帽子戴在轻盈的头上。士兵边走边唱。

他碰到一个农夫牵着马去赶集。勇敢的士兵用重重的一拳和帽子上的一根羽毛买下那匹马。

夜里,他夺走了一个陌生姑娘的梦,在她心底留下了萌生的希望和帽子上的一根羽毛。

黎明时分,他打死了一个戴着蓝色绶带的士兵。那个傻瓜坐在路边,就像田埂上的野兔。

这就是战争。事关至高无上的事业。无论旗帜是用紫色还是蓝色的绸缎缝制。

直到有一次,在岔路口,他看到一个瘦骨嶙峋的老妇人。他摘下帽子,伤心地看到,第三根也是最后一根羽毛,缓缓飘落在地上。

大　象

　　实际上大象非常敏感和神经质。它们有着丰富的想象，这让它们时而会忘记自己的模样。当它们走进水中的时候会紧闭双眼。看到自己的粗腿时，它们会陷入恼怒并开始哭泣。

　　我曾认识一头大象，它爱上了一只蜂鸟。它变瘦了，不眠不休，最后死于心脏病。那些不了解大象天性的人说，它这么胖。

静物画

带着经过深思熟虑的不经意,这些被暴力剥夺了生命的物体被堆放在桌上:一条鱼、一个苹果、一把和鲜花混在一起的蔬菜。上面还加了一片死气沉沉的光的叶子和一只头上血迹斑斑的小鸟。那只鸟已僵硬的爪子里,紧握着一个由空虚和夺来的空气组成的小行星。

鱼

  无法想象鱼的睡梦。即便是在池塘最黑暗的角落里,在芦苇中间,它们的歇息也是一种警惕:永远是同一个姿势,而且绝对无法说:它们垂下了头。
  它们的泪水也像是在虚空里的喊叫——难以计数。
  鱼儿们无法用手势表达自己的绝望。这为在鱼背上一边跳跃一边刮去鱼鳞的钝刀开脱了罪责。

斗士的一生

他站在门口，房间里躺着他死去的父亲，像蚕茧一样，被包裹在石蜡般的寂静里，他大喊。一切从这里开始。

他抓住轰鸣，沿着它向上攀爬，因为他知道，寂静意味着死亡。钉着后掌的皮靴节奏铿锵，马蹄踏在桥上也嘚嘚作响——身着骠骑兵湛蓝色的宽腿裤。鼓声阵阵，鸟铳手走进烟雾之中——腰挂军官的银色重剑。大炮怒吼，大地像军鼓一样呻吟——头戴元帅的三角形高筒帽。

所以当他死去时，忠诚的士兵们想让他沿着嘈杂喧闹的阶梯登上天空。一百座钟楼摇荡城市。当城市离天空最近的时候，炮兵们开始射击。但是他们无法撕开那坚硬的蔚蓝，无法让佩带重剑、头戴三角形高筒帽的元帅整个钻进去。

现在他又掉了下来，落在大地的脸上。忠诚的士兵们抬起他，再一次向上射击。

年轻鲸鱼的葬礼

　　海马有着肥硕的后臀和讥讽的眼睛，马匹，披着橙色的毯子，拉着灵车——黑色的糖罐，沿途遗落家用拖鞋，拖鞋上有缝在黑色背景上的绒面大珍珠。

　　他们沿着峡谷大街运送他，在滴滴答答渗个不停的水声中，在星辰—沙粒、沙粒—星辰、沙粒般的不计其数、无穷无尽之中。

　　太阳把空气系在小蝴蝶结里。蝴蝶们看护着他，以免他飞走。鲜花的绳索固定着他，让他不要从灵车的港湾里游走。

　　海蚱蜢——外面有硬壳，但是对存在问题非常敏感。他们在哭泣：他嘲讽轮船并无恶意，他喜欢汽笛声，拥有整整一盒溺水者的尸体，他把他们当金属玩具士兵来玩儿，可这些都妨害了谁？

　　他们运送他穿过广阔的林间空地，空地上洒满柠檬色的光，穿过平坦的空间，那里冒出白色氧气嗞嗞作响，就像没有关严的风景。

　　现在钟声才传来。他们在高处组装巨大的织机。他们编织一块悲伤的遮布。遮布投下巨大的阴影，遮住整个送葬的人群和死者的遗体，甚至遮住一块儿忧伤。

　　我把长诗的开篇投在这块遮布上：
　　哦，甜味的粉色肉山——别了，
　　哦，从海洋的玻璃枝干上过早摘下的甜瓜——

伊菲革涅亚*的献祭

阿伽门农离木台最近。他把斗篷披在头上,但没有闭上双眼。他觉得,通过织物能看到那像发簪一样的女儿如何被亮光融化掉。

希庇亚斯站在士兵的前列。他只看到伊菲革涅亚的小嘴因哭泣而变形,就像那次他冲她发火,因为她把花插在头上,允许大街上的陌生男人纠缠她时一样。一次又一次,希庇亚斯的视线无尽地延长,伊菲革涅亚的小嘴占据了从天到地的巨大空间。

生了白内障的卡尔卡斯,透过浑浊的昆虫光线观看一切。唯一真正打动他的,是海湾里停泊的战船上低垂的船帆,让他在那一刻觉得再难忍受暮年的忧伤。因此他抬起手,开始献祭。

分列两边的合唱团按照适当的比例拥抱整个世界。规模不大但闪闪发光的木台、浑身雪白的祭司们、身穿紫袍的国王们、铿锵作响的铜器和士兵头盔上微缩的火焰,而这一切都布置在明亮的沙子和辽阔的大海颜色的背景上。

景色美轮美奂,如果再唤来合适的前景帮忙。

---

* 希腊神话中阿伽门农的长女。当阿伽门农率领全希腊的军队准备出发去进攻特洛伊时,因为得罪了狩猎女神阿耳忒弥斯,导致海上风平浪静,海船无法出行。随军牧师卡尔卡斯预言,只有将阿伽门农的长女献祭,才能平息女神的愤怒。于是阿伽门农称要将伊菲革涅亚许配给阿喀琉斯,让伊菲革涅亚立刻前往军中。伊菲革涅亚来到阿伽门农的营帐,在得知要将她牺牲的事实后,表现出可敬的镇定,表示愿意为了民族的利益牺牲自己。在祭坛上,当卡尔卡斯挥刀刺向伊菲革涅亚时,她却在那一瞬间消失,由一头公鹿取代了她的位置。

微笑办公室

秋千、摩天轮、射击场——这些是普通人的游戏。敏锐的思维、思考的天性更喜欢微笑办公室。它崇高而隐蔽的目标是为我们做好最坏的准备。一面镜子里展示的是我们刚刚从轮刑架上解下来的身体——一个形状完整的皮囊,里边骨断筋折;在另一面镜子里,我们的身体从钩子上放了下来,此前经历了长时间的风干。

请你们造访微笑办公室吧,请你们造访微笑办公室。这是生活的前厅,是酷刑的等候室。

在橱柜中

过去我总是怀疑,这城市是一件赝品。直到早春的一个薄雾蒙蒙的正午,空气弥漫着淀粉的味道,我才发现,什么是欺骗。我们住在橱柜里面,在遗忘的最底层,在折断的拐杖和紧闭的盒子之间。六面棕色的墙壁,云的裤腿飘在头顶,直到不久前还被我们当作大教堂的物什,不过是个装着过期香水的细高香水瓶。

哦,可怜的夜晚,当我们向飞过的飞蛾彗星祈祷之时。

自杀者

他是如此戏剧性。一身黑衣,立在镜前,翻领上别着一朵花。把工具插入嘴中,等待枪管温暖起来,心不在焉地微笑面对镜中的自己,扣动扳机。

他跌倒在地,像一件从肩头滑落的风衣,但灵魂还站了片刻,摇晃着越来越轻的头颅。然后,当它的温度与周围的物体温度持平时,它揭开皮肤,走进头部血肉模糊的尸体。众所周知,这预示着长寿。

平　衡

这是一只鸟，实际上是被寄生虫吞噬殆尽的可怜的鸟的残躯。羽毛被剥去，露出青色皮肤，疼痛和恶心的寒颤让皮肤不断抖动。它还试图抵抗，用鸟喙啄食铺满身体表面的一层白色虫子。

我用手绢把它包裹起来，送到一个熟识的自然学家那里。他观察了一会儿，然后说：

"一切正常。它身上的虫子，带着一种肉眼看不见的寄生虫，很可能在后者的细胞里进行着剧烈的物质转化。因此，这是一个经典案例，展示了一个对抗又共生的循环链条，一个确保整体平衡的封闭生态系统。与我们表面看到的相反，这是一个绯红色的果实，或者你可以说，是一朵浅红色的生命玫瑰。"

但特别小心，不要让厚实的呼吸和窒息的织物，在任何地方崩裂，因为那时我们会看到比死亡更糟糕、比生命更可怕的东西。

熨　烫

宗教裁判员就在我们中间。他们住在住宅楼的半地下室，只有"此处熨烫"的招牌出卖了他们的存在。

桌子有着紧绷的棕色肌肉，粗重的磙子，慢慢地碾压，却异常仔细，驱动轮不知怜悯——这一切正等待着我们。

经过熨烫的床单，就像女巫和异教徒被轧空的身体。

来自眼泪工艺

以目前的知识水平，只有虚假的眼泪适合加工和再生产。真诚的眼泪很烫，因此很难将其从脸上分离，在将其变成固体后又非常易碎。对真诚的眼泪进行开发的问题让技术专家们绞尽脑汁。

虚假的眼泪在冷冻前要进行蒸馏处理，因为它们本质浑浊，要将它们加工到纯净度几乎不亚于真诚的眼泪。它们非常坚硬，非常持久，因此不仅适用于装饰，也适合切割玻璃。

日本童话

伊扎那纪①公主躲避一条四爪紫色和四爪金色的龙。伊塔那吉②王子在树下酣睡,他不知道伊扎那纪的小脚丫处于怎样的危险境地。

龙越来越近。把伊扎那纪公主赶到海里。它每只眼睛里都有九个黑色的惊雷。伊塔那吉王子仍在酣睡。

公主把梳子扔到自己身后。站起十七位骑士,一场血战开始。骑士一个接一个死去。他们在公主的黑发里待得太久,已经彻底女性化。

伊塔那吉王子在岸边找到了那把梳子,为它修建了一座大理石坟墓。谁见过为梳子建造坟墓?我见过。

这件事发生在树木和马驹日。

---

① 诗人创造的日本人名,无特殊含义。
② 同上。

皇帝的梦

裂缝！皇帝在睡梦中大喊，鸵鸟毛装饰的华盖在他头上颤抖。寝殿周围巡逻的士兵们拔出宝剑，他们以为皇帝梦见了围攻。此刻他正好看到了城墙上的一道裂缝，于是想让他们从那里攻入要塞。

而实际上，皇帝此刻是一只在地板上奔跑着寻找食物碎屑的潮虫。突然看到头顶上有一只巨大的拖鞋，马上就要让它粉身碎骨。皇帝在寻找一个可以藏身的裂缝。地板平坦而光滑。

是的。没有什么比皇帝们的梦更普通的了。

管风琴师

他住在光秃秃的树干森林里,给它们嫁接树叶、树枝,还有绿色似火焰般的整个树冠。他用风敲击。有时又点燃被称为赋格曲或赞美诗的熊熊烈火。

神父像一只树皮甲虫般渺小,在挂于乐谱上方的小镜子里慢慢移动,他在为更美妙的舞蹈、更优美的坠落而敲击。

他用大天使号角的颤音结束演奏,沿着黑暗的旋转楼梯走下来,咳嗽几声,把一口浓痰吐在方格手绢里。

月　亮

　　我不理解,怎么能写出咏月诗。它肥胖又邋遢,喜欢抠烟囱的鼻子,最爱做的事是爬到床底下闻鞋子。

船长的望远镜

我在那不勒斯一个街头小贩那里买了它。据说它属于玛利业号帆船的船长。那艘船在一个阳光明媚的日子，由于一些神秘的原因，沉没于黄金海岸附近。

一个奇怪的物件。无论将它转向哪里，都只能看到两条蓝色的带子——一条宝蓝色，另一条蔚蓝色。

俄罗斯童话

沙皇老爹显老了，显老了。甚至已经不能亲手掐死一只小鸽子。他坐在宝座上，浑身金光闪耀，却又通体冰凉。只是胡子已经长到地面，甚至更低的地方。

那时是别人在统治，不知道是谁。好奇的人民通过窗子往宫殿里瞧，但是克里沃诺索夫①用绞刑架遮住了所有窗户。所以只有吊着的尸体看到了些什么。

最后沙皇老爹得以善终。丧钟敲响，但尸体并未运出。沙皇长到了宝座里。宝座的腿与沙皇的腿绞在一起。手长到了扶手里。无法将其分离。而把沙皇和黄金宝座一同埋葬——又似乎有点儿可惜。

---

① 诗人创造的俄语人名。

恺撒全景观赏器*

一个棕色大木桶，事先向里面注入巴黎蓝、阿拉伯银和英国绿。人们还往里加一些印度粉的低语，然后用一个大勺子搅拌。黏稠的液体从缝隙中淌出，而坐在木桶周围的人们，像苍蝇一样贪婪地一滴一滴舔食。但这没持续多久，很遗憾。有轨电车、具讽刺感的跨大西洋海轮，召唤着梦想家。

---

* 19世纪末20世纪初流行的一种娱乐器材，是电影的前身，类似中国的"拉洋片"。恺撒全景观赏器通常为一个多边形木桶，观众围坐在木桶周围，通过镜片观赏木桶里连续移动的照片。

客体研究
（1961）

被称为想象的盒子

请用手指敲敲墙壁
从橡木盒子里
会跳出一只
布谷鸟

它呼唤所有大树
一棵、两棵
直到站起
一片森林

轻声吹个口哨——
河水就会奔流
像一根结实的细线
将群山与沟壑相连

请你清清喉咙——
这是一座城市
有着一座高塔
城墙千疮百孔

还有很多黄色小屋
宛如游戏的骰子

现在
请闭上眼睛
雪花漫天飞舞
熄灭树木的绿焰
熄灭红色的高塔

白雪下面
是黑夜
顶上有一座闪光的大钟
还有一只景观猫头鹰

来自树上的小鸟

在孩子们
火热的手中
来自树上的小鸟
开始了自己的一生

从颜料笔下
流出一颗幼小的心脏

玻璃般的眼眸
燃起了目光

绘出的翅膀
开始扇动

干枯的身体
渴望森林

它迈开步伐
像歌谣里的士兵

用木棍般的双腿敲打

右腿敲击——森林

左腿敲击——森林

它梦见

绿色的光芒

鸟巢紧闭的眼睛

在底部

在边缘

啄木鸟们为它啄出眼睛

幼小的心灵

因为普通的鸟喙酷刑变得黑暗

它继续走

脚下的毒蘑菇磕磕绊绊

它被黄鹂鸟耻笑

在枯死的树叶底部

它寻找鸟巢

现在它生活在

不可能的边界

在生命物质

和想象物质之间

在森林的蕨类

和拉鲁斯[①]的蕨类之间

---

① 指法国拉鲁斯出版社出版的百科全书。

在枯枝上
在一只腿上
在风的发丝上
在从现实逃离的事物上
但它没有足够的心
足够的力量

它没有变回
图画

写　作

当我坐到椅子上
是为了抓住桌子
当我抬起手指
是为了停住太阳
当我揭开脸上的皮肤
把房子从双肩卸下
当我的鹅毛笔的比喻
与钉入空气中的牙齿
牢牢地固定在一起
我尝试创造
一个新的
元音——

　　在桌子的沙漠上
　　纸的花朵
　　墙壁燕尾服扣紧
　　狭小空间的纽扣
　　结束、结束
　　升天

没有成功

还要一会儿
钢笔与纸张接触
从恶意的黄色天空
滴落
沙子的
涓涓细流

全无美感

全无美感
画板颜料
钉子胶水
绳子画纸

画家先生
建造世界
不用原子
全用废料

阿登森林
出自雨伞
爱奥尼亚海
墨水渲染

唯一只要
智慧面孔
唯一只要
手掌坚定——

世界既成

青草图钉
花朵挂钩
铁丝云朵
被风拉扯

在画室

轻盈的脚步
走过
从斑点到斑点
从水果到水果

一个善良的园丁
用木棍支撑花朵
用喜悦支撑他人
用蔚蓝支撑太阳

然后
他扶扶眼镜
泡上茶
暗自嘟囔
摸摸小猫

上帝创造世界时
眉头紧蹙
测算、测算、测算

因此世界如此完美
以致无法居住其中

然而
画家的世界
很美好
又充满谬误

眼睛游移
从斑点到斑点
从水果到水果

眼睛嘟囔
眼睛微笑
眼睛回忆

眼睛说可以忍受
只要能够进去
进入画家
曾经停留之地的中心
没有翅膀
趿拉着总是掉的拖鞋
没有维吉尔①

---

① 维吉尔（公元前70—公元前19），古罗马诗人。

揣着衣兜里的猫
揣着善意的幻想
和一只正在修补世界的
无意识的手

高更结局

带着芒果花，在白色的天气里，在黑色的雨中
在富尔诺大街①，在太平洋上
一边把画作和树叶向两边推开
魁伟的高更，木鞋发出沉重喑哑的踢踏声
一边寻找甘泉，畅饮被刀子划开的天空
然后甜甜地入梦

他不渴望休息，他渴望梦
睡梦是工作，是午间的长征
带着画作的黑暗水桶

  有时还能听到
  巴黎沙龙里的喧嚣声
  家里留下一个白种女人
  他拉上厚厚的窗帘
  大概还在酣睡
  让她睡吧

---

① 高更在巴黎的住所所在地。

大海的喷涌、吉他、小鹦鹉
他没爱过任何姑娘
无论是蒂呼拉①还是双唇间拉着口水丝的梅特·嘉德②
阿丽娜死得太早,他对霉菌感到恶心

带着芒果花,一辆大车行进
末代国王波马雷③,腐烂的菠萝
穿着海军上将军服前往大地
木钟敲响

阳光下耐心的文森特像一株向日葵
太阳烧焦棕红色的大脑
他敢于用剃须刀作画
这不是莫奈在喊叫:
我不会和一个蹩脚画家一起展出④

谁理解了钴⑤的含义,必须要离开股市
没有其他的出路,只能通向大海
高更用双肘和双膝拖着自己的身体

---

① 高更在塔希提的妻子。
② 梅特·嘉德(1850—1920),高更的妻子,丹麦人,后离开高更。
③ 塔希提王国的末代君主。塔希提,又译为"大溪地",位于南太平洋的小岛,高更曾在那里长期生活。
④ 原文为法文。
⑤ 制取高级颜料的原料。

水果像溃疡，森林立在苔藓中间
毛利人的神祇们激动地抠着牙齿
大海的喷涌、吉他、小鹦鹉

在火的天空、火的青草之间——大雪纷飞
布列塔尼①的村庄陷入芒果花海

---

① 法国西北部的一个半岛。

黑玫瑰

黑色
源于
被石灰迷瞎的
双眼

它触摸空气
站立
钻石
黑玫瑰
在行星的混沌之间

吹响
想象的小柳笛
请从黑玫瑰中
引出
颜色
就像从被焚毁的城市中
引出回忆

紫色——用于毒药和教堂
红色——用于牛排和恺撒
蓝色——用于钟表
黄色——用于骨头和海洋
绿色——用于被变成大树的姑娘
白色——用于白色

黑玫瑰呀
在黑玫瑰里
在纤小如死果蝇和电子的颗粒间
你还隐藏着什么

阿波罗与马西亚斯*

黄昏时分
真正的决斗
在阿波罗与马西亚斯之间进行
(绝对的听觉
对阵巨大的音域)
如我们所知
裁判们
判决神明获胜

被紧缚在树上
一点点剥皮
马西亚斯
大声喊叫
在喊声抵达
他高高在上的耳朵之前
他在这喊声的阴影里歇息

被令人作呕的颤抖所震撼

---

* 森林之神马西亚斯是希腊神话中生着羊角及羊蹄的半人半兽神,以精湛的笛艺著称,并曾向被尊为太阳神与艺术之神的阿波罗挑战。

阿波罗清洗自己的乐器

只是表面上
马西亚斯的声音
单调无奇
由一个原音 A
组成

实际上
马西亚斯
在讲述
自己身体
未经伪装的财富

肝脏的裸露山峦
食物的白色山谷
簌簌作响的肺叶森林
肌肉的甜蜜山丘
关节胆汁血液和颤抖
骨骼的冬日寒风
在记忆之盐的上空

被令人作呕的颤抖所震撼
阿波罗清洗自己的乐器

此刻
马西亚斯的椎骨加入合唱

基本上还是一个 A
只因加入了铁锈而更加深沉

这已经超越了神的忍耐极限
神的神经用塑料制成

  沿着石子铺就的林荫道
  两边栽着黄杨绿篱
  胜利者慢步走去
  暗自思忖
  随着时光的流逝
  从马西亚斯的嚎叫中
  是否会慢慢长出新的枝条
  且叫它——具象艺术

  突然
  一只石化的夜莺
  落到他的脚边

  他扭转头
  看到
  绑缚马西亚斯的树
  头发花白

  彻底

片　段

请聆听我们，阿波罗，通过树叶和箭矢的迷乱
通过战斗、固执的沉默和死者强烈的呼喊
又逢秋日，阿波罗，树木和人们都在走远
我们睡在憋闷的帐篷里，头顶是被诅咒蹂躏的苍天
把脸埋进尘埃，在汗水中洗涤身体
从被剑豁开的胸膛里流出的，不是血，不是血
动物们死去，遮住骡子的眼睛
船上的帆正在腐烂，没有任何暴风雨触及港湾
我们不能再返回妻子身边，陌生而苦涩的姑娘
不会允许我们在她怀中长时间哭泣
主呀，我们并未祈求特洛伊的石头花环
也未觊觎荣耀的羽冠、洁白的女人和黄金
假使你能让被玷污的脸恢复善意
并把质朴塞进手里，就如同你塞铁器时一般——

阿波罗，请降下云朵，请降下云朵

救援庞贝

多亏政府、消防员和青年组织的积极行动,在二十个世纪之后,已经有两千个维苏威火山①的遇难者被挖出,他们状态良好(这一点应即刻说明),生命无忧。恋人们对那些纠缠不清的记者和英国老妇人背转身去,拴在链子上的狗像疯了一样狂吠不止,而一个街头小青年正把一个妓女的姓名告诉历史。

---

① 导致庞贝古城被掩埋的火山,位于意大利那不勒斯附近。

公　国

　　导游手册里用两颗星（现实中要多得多）标记整个公国，即城市、海洋和一小片天空，乍看起来很不错。坟墓涂成白色，房屋宽敞，花朵肥硕。

　　所有公民都是纪念物的守护者。由于游人稀少，工作并不多——早晨一个小时，晚上一个小时。

　　中间是午休。

　　公国上空升起如棉被一般的鼾声的红云。只有大公没睡。他在摇晃着本地神祇的头，让他入睡。

　　饭店和招待所住满了天使，他们喜欢上了这个公国，因为温暖的洗浴、严谨的习俗和被涂抹记忆的笔蒸馏过的空气。

蒙娜丽莎

穿过边境上的七座山
河流上密布的铁丝网
被反复扫射的森林
被吊起的桥梁
我走过——
穿过台阶的瀑布
大海翅膀的漩涡
满是天使气泡的
巴洛克天空
——来到你面前
画框里的耶路撒冷

我站在
旅行团
密集的荨麻丛里
站在紫色绳索和眼睛的
边缘

　　我来了

你看，我来了

我未抱希望
但我来了

　　她勤奋地笑着
　　一身素黑、沉默不语、体态丰腴

　　仿佛凸镜透视下
　　背靠凹陷的风景

　　她的黑色后背
　　仿佛是云中遮蔽的明月

　　那后背与附近第一棵树之间
　　是光线泡沫的巨大虚空

我来了
时而真
时而幻
不值一提

　　触碰她标准的笑
　　头是不动的钟摆

她的双眼梦想着无垠
　　　但眼神里有蜗牛酣睡

我来了
所有人都该来
但我孑然一人

当他的头
已经不能动
他说
等这一切结束
我要去巴黎

在右手
第二和第三个手指之间
有一个间歇

我把命运的空壳
塞进这道深沟里

我来了
是我
用鲜活的脚跟
抓紧地面

一个肥胖且不甚美丽的意大利女人
头发披散在干枯的岩石上

被剥离生命的血肉
被从家庭和历史中劫走

有着骇人的蜡制耳朵
因树脂的绶带窒息而死

她空荡荡的身体
像固定在钻石上的书页

在她黑色的后背
和我生命中的第一棵树之间

躺着一把剑
淬炼出的深渊

最后的请求

她的头已无法动弹
点头示意我俯下身
——给你二百兹罗提①
不够的你补齐
订一场格里高利弥撒

她不要
葡萄
不要
吗啡
不要
让穷人欢喜
她想要弥撒

好吧,给她

我们在酷暑里下跪
在有编号的长凳前

---

① 波兰货币单位,在波兰语中为"黄金"之意。

弟弟用手绢擦着前额
姐姐扇着九天连祷书①
而我在跟诵
仿佛我们也在放弃
接下来是什么我忘记了
就又从头开始

神甫
沿着大道漫步
七朵燃烧百合的管风琴
发出低鸣

我以为他们要开窗户
会有穿堂风

但没有
一切仍然紧闭

沿着烛台的枝杈
蜡油流淌
我想
他们拿这蜡油做什么
是收集起来做成新蜡
还是扔掉

---

① 基督教的一种仪式,连续祈祷九天。

也许
那位神甫
会替我们做一些
我们不能做的事
也许他能略微地攀升

钟声敲响
而他
带着黑色的躯干
银色的双翼
走上最初的两层台阶
然后像只苍蝇
滑下来

我们跪在酷暑里
在有编号的长凳前
被汗水的细线
固定在地面

终于结束了
我们快步走出
刚刚迈过门槛
立刻做出一个肃穆举动
深呼一口气

抽　屉

哦！我那用木板做的七弦抽屉
这里曾有我干涸的泪滴
凝固于反抗之中的拳头和纸张
上面有我在寒夜里写下的
可笑的少年遗嘱

如今它已被清空
我卖掉了成串的眼泪和拳头
它们在市集上值些钱
不大的声望值几个格罗什①
如今没什么能打扰我的清梦
虱子和水泥都与我无干

抽屉呀，失去的里拉琴
用手指敲击空空的抽屉底
我还可以弹奏那么多乐曲
绝望曾经大有裨益

---

① 波兰最小的货币单位，100 格罗什 = 1 兹罗提。

因此要与富有营养的绝望之痛分离
是多么不易

我敲击你,请开门,对不起
我不能再这样沉默下去
必须卖掉我那抗拒的石头
自由就是这样
当恺撒已开始和霉菌战斗
需要重新构想和推翻众神

而此刻空空的海螺呼呼作响
述说大海如何消失在一粒沙中
风暴如何凝结成盐晶
在抽屉接受身体之前
这就是我向道德的四壁
做出的笨拙的祈祷

我们的恐惧

我们的恐惧
不穿睡袍
没有猫头鹰的眼睛
不掀开箱盖
不熄灭蜡烛

也没有死人的面孔

我们的恐惧
是在衣兜里
找到的一片纸片
"提醒乌伊契克①
德乌戈大街的房子被烧"

我们的恐惧
不是乘着狂风的翅膀飞翔
不是坐在教堂的塔尖上

---

① 波兰人名。

它紧贴大地

它的形状
是一个仓促捆起的包裹
里面有温暖的衣物
干粮
和武器

我们的恐惧
没有死人的面孔
死者对我们非常温柔

我们把他们负在背上
睡在同一条毯子下
合上他们的眼睛
修整他们的嘴巴
选一处干燥之地
将他们埋葬

不太深
不太浅

王朝末日

那时,国王全家住在一个房间里。窗外是一堵墙,墙下有个垃圾筐。在那里,老鼠常常能咬死猫。然而里边的人看不见,窗户被涂上了石灰。

刽子手们进来时,看到的是一幅日常景象。

陛下正在修改耶稣显圣容军团的规章制度,术士菲利普努力用暗示安抚王后紧张的神经,王储蜷成一团睡在沙发上,而伟大的(也是瘦削的)公主们一边唱着圣歌,一边缝补衣物。

仆人站在墙边,在努力模仿壁纸。

他们坐在树上

他们还坐在枝繁叶茂的树枝上,动作缓慢,就像垂死的鸟。只是落日的余晖,偶尔将他们的羽毛照亮,显出难得一见的光彩。

尽管伪装巧妙,农夫们还是向他们开了枪。不是为吃肉,而是为了看看另一种颜色的鲜血。

当这些树与树上的居民全都枯萎,应该轻轻地,在靠近地面的地方将它们折断,然后夹到所谓的植物标本册里。

来自神话

前方是黑夜和风暴之神,一个没有双目的黑色雪人,浑身赤裸涂满血污的人们在他面前蹦蹦跳跳。然后在共和时代有许多神,带着妻子、孩子,连同吱扭作响的床铺以及安全爆炸的雷电。最后只有那些迷信的神经衰弱患者,在兜里放着一个盐做的小神像,塑造的是讽刺之神。那时没有更大的神。

这时野蛮人来了。他们也很敬重讽刺之神,用鞋跟将他碾碎,然后撒进食物里。

公正的秋天

　　这个秋天，树木终于获得了安宁。它们始终站立在坚硬而有些倨傲的绿荫里，没有一丝黄色的影子，绿叶里也没有一粒红色的种子。繁茂的草丛，深植于大地的肌肤，丝毫不像衰老动物的皮毛。不可触碰的玫瑰，驱动自己那烧得火热的行星，围绕着如月亮般静止不动又体态瘦小的昆虫。

　　只有纪念碑们正经历这个愈加悲惨的秋天，因为已经是最后一个。松软的基座透露出这些建筑帝国的脆弱。天使的翅膀和海军上将军帽上的翎羽正簌簌下落。哲学家龟裂的前额，仿佛是破碎餐具留下的可怕虚空。在原本是预言家食指的位置上，此刻，一只初秋结网的小蜘蛛正轻轻飘过。

　　白发苍苍的恋人，在永恒之树下走过，小路上铺满神明和恺撒们松脆的手指。

约 拿

上帝做了一条大鱼
为了吞掉约拿

约拿是亚米太之子
为了逃避危险的使命
他登上了
约帕①开往他施②的船只

之后的事情众所周知
狂风大作、电闪雷鸣
船员将约拿抛进大海
大海的躁怒就此终止
一条大鱼如期而至
三日三夜
约拿在鱼腹中祈祷
大鱼最终

---

① 以色列城市,即今天的雅法。
② 《圣经》中的古国名。

将他吐到干爽的土地

当代的约拿
像一块石头入水
如果碰到鲸鱼
没有时间呼吸

当他一旦获救
比起《圣经》里的约拿
行事更为狡猾
不会再次承担
那个危险使命
他会蓄起胡须
极力远离大海
远离尼尼微①
他会更名易姓
贩卖牲畜和古董

利维坦②的特务们
可以被收买
他们没有命运的感知
是依靠偶然性的官员

---

① 位于美索不达米亚的一座古代城市,意为"上帝面前最伟大的城市"。
② 传说中的海怪。

在洁净的医院里
约拿因癌症去世
他已不太清楚
自己到底是谁

被加在他头上的隐喻
彻底熄灭
而隐喻的香脂
不影响他的躯体

地方总督的归来

我决定回到皇帝的宫廷
再次尝试能否在那里生存
我也可以驻留,这偏远的省份
在西克莫无花果①甜蜜的树叶下
在病恹恹的亲眷们温和的管治下

返回以后我不打算多做贡献
每一份掌声都经过事先测算
微笑按盎司计量,眉头微蹙
为此他们不会给我金链
而这条铁的已经足够

我决定明天或者后天回去
我无法生活在葡萄园之间
这里的一切非我所有
树木没有根脉　房屋没有地基　玻璃般的雨水
花朵散发石蜡的气息
干枯的云敲打空荡荡的天空
所以明天或者后天

---

① 《圣经》中的西克莫无花果是古埃及制作木乃伊木匣的材料。

反正我要回去

需要重新整理面容
让下嘴唇学会掩饰厌恶
让眼睛变得完全空洞
还有我脸上那个野兔般的不幸下巴
看见卫队长进来就开始颤抖

可以确定的是我不会跟他喝酒
当他递来自己的酒杯我会低下双眸
假装从牙缝里剔出食物残渣
况且皇帝是有限度地喜欢平民的勇气
在某种理智的范围内
毕竟像所有人一样
当一个人已经非常厌倦毒药把戏
他不能靠没完没了的象棋
把自己灌饱
左边的杯子给德鲁丘斯①，用右边的杯子把嘴唇润湿
然后只喝水，眼神不要离开塔西佗
出去到花园里，等他们运走尸体时再回来

我决定回到皇帝的宫廷
我真的希望这样可行

---

① 诗人虚构的人物。

福丁布拉斯*的哀歌

献给 M. C.①

现在只剩下我们自己,我的王子,我们可以谈一谈,就像男人和男人之间
虽然你躺在台阶上,目之所及超不过一只死蚂蚁
就是说光线被折断的黑色太阳
我从来不能想象你的手掌不带笑意
此刻它们躺在石头上像被捅掉的鸟巢
像从前一样软弱无力,这就是结局
双手和刀剑分离
头和穿着软拖鞋的骑士双脚分离

你将有一个战士的葬礼尽管你并非战士
这是我唯一比较熟悉的仪式
不会有圣烛不会有唱诗,只会有火绳和轰鸣
拖曳在石子路上的黑色丧服
铸造的头盔、军靴、拖拽大炮的马匹

---

* 莎士比亚作品《哈姆雷特》中的人物,是挪威王子。
① 1980年诺贝尔文学奖得主、波兰诗人切斯瓦夫·米沃什的姓名缩写。

战鼓、战鼓,我知道,没有更漂亮的东西
这将是我掌权之前的演习
应该扼住城市的喉咙摇晃一番

无论如何你必须死,哈姆雷特,你不该活
你相信水晶般的概念而不相信人类的污泥
你活在不停的抽搐里,仿佛梦里还在捉喀迈拉①
你贪婪地撕咬空气,然后立刻吐出去
你不懂任何人类的事物,甚至不知怎样呼吸

现在你安息了,哈姆雷特,做了你该做的事
你安息了,剩下的不是沉默,但属于我
你选择了更容易的部分,有效的一刺
然而比起永恒的守候
手握冰冷的苹果独坐高椅
凝望蚁丘和时钟的表盘
那英勇的死又何足一提

别了王子,下水道工程还等我决策
还有关于妓女和乞丐的法令
我还得考虑更好的监狱体系
因为你准确地发现,丹麦是个监狱
我要去处理公务,今晚将会诞生

---

① 古希腊故事中狮头、羊身、蛇尾的吐火怪物。

一颗叫作哈姆雷特的星
我们不会再碰面
我留下的一切不会是悲剧的主题

我们无须问候也无须告别，我们生活在不同的群岛
而这片水、这些话又能如何，又能如何，我的王子

赤裸城市

这座平原上的城市,平坦得像一张铁板
教堂像一只受伤的手,一只指示方向的利爪
有着内脏颜色的碎石路,剥了皮的房屋
在涨起的黄色阳光波浪下
在月亮的石灰色的波浪下

啊,城市,这是怎样的城市,你们告诉我,这是怎样的城市
在哪条路旁,在哪颗星下

关于人们:在大厦里的屠宰场工作
大厦用粗砖砌成,有水泥地板,人们被血腥气
和动物的忏悔诗包裹。那里有诗人吗(沉默的诗人)
有一点儿军队,一个巨大的沙锤,一个郊外的移动畜栏
星期日在桥那边,在满是尖刺的灌木丛里,在冰冷的沙子上
在红褐色的草地上,姑娘们接待士兵
还有一些地方留给梦想
电影院里有一面白墙,人们往上面泼洒那些缺席者的影子
在一些小厅里,人们把酒倒进薄厚不均的玻璃杯
还有狗,最后饥饿的狗高声嚎叫

以这种方式指明哪里是阿门城的岗哨
所以你们还问这个令人气愤的城市是什么
它位于何方
在什么样的风的缆绳上，在什么样的空气立柱下
谁住在那里，人们的肤色是否一样
那些长着我们的面孔的人，是否

分析民族问题

使用相同的脏话
和类似的爱情诅咒
从中得出的结论过于大胆
共同的学校读物
也不应成为
屠杀的充足理由
土地的问题与此类似
（柳树沙土路小麦田天空加上絮状云朵）

我想最终知道
灌输止于何处
而现实关系从何处开始
是否由于历史经历
我们没有变得心理扭曲
而面对偶然事件
我们现在的反应带有歇斯底里患者的典型特征
我们是否还是一个野蛮的部族
生活在人工湖泊和电子丛林之中

实话说，我不知道
我只能断言
这种关系的存在
它显现于面色苍白
两颊突然绯红
尖叫和挥舞的双手之中
而我知道，这也许会把我们带进
匆忙挖好的坑

所以最后以遗嘱的形式
为了把意思说清：
我曾抗争
但是我认为这浸血的绳扣
应是解放者
挣脱的
最后一个

狗*在前头

所以一条好狗走在前头
接着是猪或者毛驴
它们在黑色草丛中踩出一条小路
第一个人将沿着这条路艰难跋涉
用铁腕
在玻璃般的额头上,扼杀恐惧的水珠

所以一条忠诚的狗走在前头
它从未离开我们
它梦到地上的街灯
还有自己那旋转狗窝里的骨头
它将入睡
温暖的血液沸腾——然后干涸

而我们跟着狗,跟着第二条狗
它用狗链引领着我们

---

* 1957年11月3日,苏联成功发射了人类历史上第二颗人造卫星,卫星上搭乘着即将飞上太空的第一个地球生命——小狗莱卡。

我们拿着宇航员的白手杖
笨拙地磕碰星斗
什么也看不见,什么也听不到
用拳头击打黑色的以太
哀鸣回响在所有波段上

去旅行,带上所有
穿过黑暗世界的坏疽
人的名字,苹果的气味
声音的坚果,颜色的四分之一

这些都应带上
为了回来时能迅速找到归途
当一只盲犬引路时
它向地球狂吠,就如同向着月亮

星星的父亲们

时钟转动正常,所以他们只是等候
雪崩的效果,以及之后
它是否会沿着以太纸片上标出的斜线前行
他们平静、自信,在自己计算的尖塔上
在平缓的火山之间,在铅的护卫下
他们被玻璃、寂静和天空覆盖,没有秘密
时钟转动正常,所以爆炸来临

他们走的时候,把礼帽帽檐压得很低
星星的父亲们比自己的衣服小
他们想着童年的风筝
绷紧的细绳在手中抖动
而现在一切都与他们分离
时钟替他们工作
他们只剩下古老的银色脉搏
就像父亲留下的纪念品

夜晚在家里,在没有动物和蕨类植物
却有水泥路和电动猫头鹰的森林旁边

他们将给孩子们读关于代达罗斯的童话
那个希腊人有道理
他既不想要月亮,也不想要星星
他只是一只鸟,留在了自然秩序之中
而他创造的东西,像宠物般跟随其后
又把翅膀和命运,像风衣一样负在背上

尝试描写

我先描写自己
从头部开始
或者最好先写脚
也可从手开始
从左手的小指

我的小指
有温度
微微向内弯曲
以指甲结束
由三部分组成
直接从手掌上长出
假如与手掌分离
就是一条大肉虫

这根手指很特殊
世上独一无二的左手小指
直接来自天赋

其他的左手小指
都是冰冷的抽象
我与我的小指
有着共同的生日
共同的死期
共同的孤独

只有鲜血
诵读着黑暗的同义反复①
将相距遥远的两岸
用理解的丝线系住

---

① 修辞手法之一，指字面不同但语义相同的词语或句子重复使用。

客体研究

一

最美丽的物体
是不存在之物

不用于盛水
也不用于保存英雄的骸骨

未曾被安提戈涅①拥抱
也没有淹死过老鼠

没有开口
完全敞开

从所有方向

---

① 《安提戈涅》是古希腊悲剧作家索福克勒斯的一部作品。剧中描写了俄狄浦斯的女儿安提戈涅不顾国王克瑞翁的禁令，将自己的兄长、反叛城邦的波吕尼刻斯安葬，因而被处死。而一意孤行的国王也招致妻离子散的命运。剧中的安提戈涅被塑造成不向世俗权势低头的伟大女英雄形象。

都能看见
就是说几乎可以
被预感

它所有线条的
发丝
凝聚成
一条光束

无论
炫目
还是
死亡
都无法破坏
不存在之物

二

请用一个黑框
标示出
不存在之物
曾位于何处
那将是一首
质朴的挽歌
关于美丽的虚无

男性的哀伤
封闭于
方框之中

三

现在
整个空间
如大海般汹涌

飓风拍打
黑色的帆篷

暴风雪的翅膀
盘旋在黑框上空

在咸味的涨潮之下
岛屿沉入水中

四

现在
你有一个空旷的空间
比物体更美丽
比物体留下的位置更美丽
这是世界之前的世界
所有可能性的

白色天堂
你可以进到里面
大声叫喊
纵——横

垂直落下的惊雷
把裸露的地平线击中

我们可以止步于此
反正你已创造了世界

五

请听从
内心之眼的建议

不要屈服于
那些低语、嘟囔、哼唧

这是未被创造的世界
在画面的大门前拥挤

天使们拿出
粉色的云朵纱布

树木凌乱的绿发

在到处乱钻

紫色为国王所爱
号手们受命
为一切镀金

甚至鲸鱼也请求画像

请听从内心之眼的建议
不要放进任何人

六

请从
不存在之物的
阴影里
从极地空间
从内心之眼严厉的梦想里
取出一把椅子

美丽而无用
就像建在原始森林里的大教堂

请把揉皱的桌布
放在椅子上
往秩序的思想里

添加些奇思妙想

让它成为信仰之信仰
在与水平线对抗的垂直线面前
让它
比天使更安静
比国王更自豪
比鲸鱼更真实
让它拥有终极事物的面孔

    我们请求你,说吧,椅子
    内心之眼的底部
    必要性的虹膜
    死亡的瞳孔

小石头

小石头
是一个完美的创造物

自身平等均衡
安守自我界限

彻底充满
石头内涵

气味不会引起任何联想
不会令人惊慌,也不会勾起欲望

它的热情和冷淡
都完全正确、充满尊严

当我将它握于掌心
能感到沉重的抛掷感
它那高贵的躯体
渗透虚假的温暖

——小石头无法驯服
　将至死凝视我们
　用平静而明亮的一只眼

海 马

海马
个头不大
顶多有
三英寸
半

坚硬的铠甲
保护它的核心
食道
繁殖器官
大脑中枢

忠厚的外表
像个茶叶销售员
不符合生活在淡水和静水里的
杀手的天性

它猎捕杜父鱼①
用百发百中的尖刺
击中头颈上
最脆弱之处

战斗时它们彼此缠绕
撕扯不休
在海藻的吹拂中
和奔放的宁静中

一年两次
它们编织水中恋情

六周后
雌性的腹部黏膜
由于鱼卵过多而迸裂
在痉挛中将它们吐出
它摩擦坚硬的物体
然后
这受难的生育硬壳沉入水底

第二年

---

① 又叫大头鱼、锯鲉，属鲉形目，杜父鱼科，是一类在咸水和淡水中都能找到的小鱼，主要栖息在北半球。

初秋
海马们
死去

在海藻塔上
钟声沉寂
湖水没有
挤出眼泪

*

海马的教堂
马戏剧场、高架渡槽
都沉入了何方
或者何时耸起

谁将证明必然

谁将接受存在

红　荆

我曾讲述战斗
瞭望塔和军舰
讲述那些被砍杀
和砍杀敌人的英雄
但关于它我忘得一干二净

我曾讲述海上风暴
城墙轰然坍塌
粮食熊熊燃烧
山丘也随之倾倒
但我忘记了红荆

　当他倒下
　被长矛洞穿
　他的伤口
　正慢慢闭严
　他看不见
　大海
　城市

朋友
只看见
脸旁的
那株红荆

他爬上红荆
最高的
枯枝
绕开
棕色和绿色的叶片
他努力地
飞向天空
没有翅膀
没有鲜血
没有思想
没有——

显 现

有两次
或者三次
我确信
我将触及事物的本质
我将知道

我的方程式的人体组织
由类似《斐多篇》①中的暗示构成
同样有着
海森堡公式②的精确性

我坐着一动不动
双眼泪水盈盈
感觉仿佛冷静的确定
正充满脊柱

---

① 柏拉图的第四篇对话录。
② 量子力学中的一个基本公式。

大地止步
天空止步
我的静止
近乎完美

  邮递员按响了门铃
  我必须去倒掉污水
  再沏上茶

  湿婆神抬起了手指
  天空和大地的设备
  又重新开始运行

  我回到房间
  这个完美的房间在何处
  玻璃杯的思想
  在桌上四处流动

  我坐下一动不动
  双眼泪水盈盈
  内心充满空虚
  或曰被欲望充盈

如果这再来一次
无论是邮递员的门铃

还是天使们的喊声
都不会将我打动

我将坐着
一动不动
眼睛注视
事物的心灵

那颗死去的星星

无垠的黑色一滴

内心之声

我的内心之声
从不劝人进取
也不劝人放弃

既不肯定
也不否定

微弱得难以听清
几乎未曾发声

即便它深深地弯腰
也只能听到些
从意义上扯下的音节

我努力不压制它
与它和谐相处

假装平等相待
对其十分倚重

有时甚至
试图跟它攀谈
——你知道吗？我昨天拒绝了
我从没这么干过
现在也不会这样做

——咕噜——咕噜
——所以你觉得
我做得对

——嘎——咽——唧

我们观点一致，太好了

——呜——啊——

——现在你休息吧
明天我们接着聊

它对我毫无用处
我可以将它忘掉

我没有希望
只有些许遗憾

当它这样躺着
覆盖着怜悯
呼吸沉重
大张着嘴巴
努力抬起
无力的头颅

致我的骨头

在梦里
它撕碎瘦削的皮肤
抛掉红色的肌肉绷带
在房间里来回踱步
我那不太完整的纪念碑

可以任意抛洒
鲜血和眼泪
在此地停留最久的
应该聪明地保护起来

比用神甫们干枯的手指要好些
把自己的学院纪念碑
交给沙云中流淌出的雨水

人们会将它放进明亮的玻璃柜
会用拉丁语祈祷
在额骨构成的祭坛前

他们将清点骨头和层次
既不会忘记也不会遗漏

幸运的我将交还眼睛的颜色
指甲的形状和眼睑的侧影
我极其客观
用解剖学的白色晶体制成
盛放思想的罐子
胸腔
骨椎
和两个胫肢节

我的你,这并不完整的纪念碑

天上的钉子

　　这是我一生中最美的蔚蓝：干燥、坚硬,又纯净得令人窒息。巨大的空气天使慢慢从中走出。

　　直至我突然看到一颗钉子,锈迹斑斑,斜钉在天空。我努力忘掉这一场景,但徒劳无功,眼角仍然瞟着那颗钉子。

　　我的天空里剩下了什么？青紫中的蔚蓝。

木　块

　　木块只可从外部描写。因此，我们注定永远无法了解它的本质。即便我们将它迅速地剖开，它的内部也会立刻变成一堵墙，秘密即刻变成肌肤。

　　因此，我们无法为石球、铁板和木头六面体构建心理学。

教堂老鼠

一只饥肠辘辘的老鼠,沿着水沟的边缘前行。一座教堂横亘眼前,而不是一块白色的奶酪。它进入教堂并非出于谦卑,而是出于偶然。

它做了该做的一切:爬向十字架,在圣坛前跪下,睡在长凳上。但一块食物碎渣也没有掉在它的头上。此刻上帝正忙于平息大海的波涛。

老鼠已经无法离开教堂。它成了教堂老鼠。这是本质的区别。它比自己的乡下姐妹更加性情急躁,它以碎渣为食,身上散发着没药①的气息,因此更容易找到。它可以长时间斋戒。

当然到某种限度。

一次,在金杯的底部,人们找到了一滴黑色的渴望。

---

① 《圣经》中"东方三哲"带给新降生的耶稣的三种礼物之一,产于中东,常作为防腐剂使用。

烟　囱

房上长出另一所房,只是没有屋顶——烟囱。厨房的味道和我的呼吸都从那里离开。烟囱是公正的,不将二者分开。一大束羽毛。黑色的,非常黑。

舌　头

我不慎跨越了牙齿的边界，吞下了她灵巧的舌头。它现在活在我体内，像一条日本小鱼。它轻触我的心脏和膈膜，就像触碰鱼缸的玻璃壁。将尘埃从底部升起。

被我剥夺了声音的她，一双大眼睛注视着我，等待一个词。

但我不知道，该用哪个舌头向她讲话——是用那个抢来的，还是那个因过于沉重的善良而融化于嘴中的。

时　钟

　　表面看，这是一张磨坊老板平静的脸，像个苹果般浑圆发亮。只有一根黑色的发丝在上面移动。且往里面瞧：一个昆虫的洞穴，蚁丘的内部。就是它将带我们前往永恒。

心　脏

　　所有人体内脏都是光秃平滑的。肝脏、肠子和肺都很光滑。唯独心脏有毛发——暗红色的浓密毛发，有时很长。这不太好。心脏的毛发妨碍血液流动，像水草。虫子经常在里面做窝。需要爱得铭心刻骨，才能为对方从发自内心的发丝里取出那些细小好动的寄生虫。

魔　鬼

　　这是个彻底失败的魔鬼。甚至连尾巴也不成功。短小、肉乎乎，尾巴尖上拖着个黑毛刷。但这短小而臃肿的尾巴，却像野兔一样可笑地翘着。它有着粉色皮肤，只是在左爪下边有一块金币大小的黑痣。最糟糕的是一对角。不像其他魔鬼那样向外生长，而是长在里边，大脑里。因此他饱受头痛的困扰。

　　他郁郁寡欢，整日昏睡。无论善恶，都与他无关。当他走在大街上，可以清楚地看见，他那粉红色的双肺翅膀正动来动去。

只要不是天使

　　如果死后,他们欲将我们变成一簇干枯的火焰,徘徊在风的小径——那就应奋起反抗。永远歇息在空气的腹中,在黄色光环的阴影里,在二维合唱团的低语中,这毫无意义。

　　应该进入石头、树木、水流、门缝,哪怕成为地板的咯吱声,也好过变成令人毛骨悚然的透明般完美。

灵魂卫生

我们生活在自己身体的窄床里。只有没经验的人们,才在里面钻来钻去。不能围绕自己的轴心随意旋转,否则锋利的细线就会缠绕线轴般缠在我们的心上。

应该把双手抱在脑后,闭上双眼,沿着这条慵懒的河流旅行,从头发之源直到"大指甲"的第一瀑布。

小心桌子

坐在桌边时应该平心静气,不要心怀梦想。让我们记住,需要多少努力,才能将汹涌的海潮变成平静的年轮。片刻的走神,一切都可能付之东流。也不能随便摩擦桌腿,因为它们非常敏感。在桌边做一切事,都应冷静和客观。不能带着未经深思熟虑的事物坐到这里。我们获得了其他的木制品,用于梦想:森林、床。

椅　子

谁曾想，温暖的脖颈会变成扶手，而善于逃跑和寻找欢乐的四条腿，硬化成四根笔直的高跷。过去，椅子是些以花朵为食的美丽动物。然而它们太容易驯化，现在成了最卑贱的四脚物种。它们失去了执着和勇气。只是很有耐心。未曾伤害过任何人，没有让任何人失去平衡。它们肯定意识到自己被浪费的生命。

椅子的绝望在吱扭声中暴露无遗。

当世界止步

这极少发生。地轴吱嘎作响,然后停止不动。这时一切都停住:风暴、轮船和山谷里自由放牧的云朵。一切。甚至草地上的马匹也一动不动,仿佛正置身一盘难解难分的棋局。

片刻之后,世界继续转动。大海吞吐,山谷蒸腾,而马匹则从黑色田野走到白色田野。还能听到空气与空气撞击的巨大轰鸣。

伐木工

清晨时分,伐木工走进森林,随手撞上了身后巨大的橡木门。树木们的绿色头发全都惊恐地竖起来。能听到树干压抑的呻吟和树枝干涩的呼喊。

但伐木工并未止步于大树。他追逐太阳。在林边赶上了它。夜晚,被剥光的树干在地平线上散发光芒。正在冷却的斧子停在它上方。

天　气

　　在天空的信封里有一封给我们的信。巨大的空气佩着宽阔的、橘白相衬的条带。这位温和的巨人走在我们前面：晃晃荡荡。在长棍上擎着一个发光的球。

文 字
(1969)

怀念父亲

序　幕

他

我在为谁演出？为紧闭的窗户
高傲地闪着光的门锁
雨水的巴松管①——忧伤的水槽
还是为在死亡之间舞蹈的老鼠

炸弹敲响最后的小鼓
庭院里一个简朴的葬礼
两块木板钉成十字架，头盔上千疮百孔
一朵巨大的玫瑰，在失火的天空里

合唱

小牛犊正变成各种东西。
棕色的面包在烤炉里成熟。
火灾熄灭。只有被赦免的火苗永远延续。

---

① 即低音管。

他

那些木板上朴素的文字
简短的名字就像排炮声声
"飞狮""野狼"和"子弹"有谁记得
棕红色在雨水中褪了色

后来我们把绷带漂洗了多年
现在没有人在哭泣
战士大衣上的扣子
在空火柴盒里簌簌作响

合唱

扔掉纪念品,烧掉回忆,迈进新的生活洪流。
只有土地。一片土地和土地上的四季。
昆虫的战争——人的战争和蜂蜜之花上方的短暂
死亡。
粮食成熟。橡树开花。河流从群山汇入海洋。

他

我逆流而上,而他们与我同行
冷漠地注视着我的眼睛
执着地低吟一些古老的词语
我们吃着自己绝望的面包

我必须带他们到干燥之地
堆起一个巨大的沙丘
在春天将花朵撒向他们之前
在强烈的花草梦让他们昏厥之前

这个城市——

合唱

这个城市已不在
它去了地下

他

它还在发光

合唱

像森林里的朽木

他

空旷之地
而空气仍在上方颤抖
循着那些声音

*

流淌着浑浊河流的沟槽

我以维斯瓦①相称。难以置信：
他们将这样的爱赋予我们
又用这样的祖国将我们刺穿

---

① 维斯瓦河，波兰最长的河流，也是波兰人民的母亲河。

岛

一座突兀的岛屿,大海的雕塑,一个摇篮
以太和盐之间的一些坟墓
小径缠绕山岩如缕缕轻烟
提高声音到低吟和沉默之上
一年四季和世界四方都在此安居
阴影美好、夜色美好、阳光美好
大海乐于埋骨于此
树叶正包扎天空疲倦的肩膀
当人类的火焰深夜时还在山中聒噪
它的脆弱存在于各部分的尖叫之间
而清晨,在曙光女神放出万丈光辉之前
泉水的第一簇光芒已在蕨类植物中起身

下 去

他仿佛正逐级而下,尽管并没有台阶
因为他双肩扛着
痛饮了远山之光的石头
仿佛背插双翼
蔚蓝色的黎明呀
带着露珠温暖心脏的空气之钟呀
道路穿过水磨旁的小桥
和一缕被停住的绿云
直达海湾,那里欢乐的鸟群和人群
正把笨重的大钟沉入水中

唤　醒

当恐怖感落下，聚光灯熄灭
我们发现自己置身垃圾堆，姿态千奇百怪

一些人伸长脖颈
一些人大张着嘴巴，还往外滴着祖国

另一些人用拳头捂住双眼
夸张地蜷缩身体，激昂地挺直身躯
我们手里握着一些铁板和骨头的碎片
（聚光灯的光芒将它们变成了象征）
但此刻这只是些骨头和铁片

我们无处可去，故而留在了垃圾堆
搞了一场大扫除
骨头和铁片被交到档案馆

我们听着有轨电车的轻唱和工厂喜鹊的歌喉
新的生活被送到我们脚下

地　方

多年后我回到那里
也许过于满足

我想检查此地

山丘变小了
残存的沟槽
沿着棕色的河水奔来

青草基本上依旧
他认出了古当归

风景萎缩了
对于如此多的恐惧
对于如此多的希望
它不过是正常而已

小鸟
从低处的枝杈

飞到高处的枝杈

所以甚至在它们那里
他也无法找到确定

停　留

我们在一座小城停留
主人命人把桌子搬到花园
第一颗星亮起又熄灭
我们掰着面包
听蟋蟀在夜晚的草丛里叫得正欢
哭声，但是有孩子的哭声
此外还有人类昆虫的忙忙碌碌
土地散发着肥腻的味道
那些背墙而坐的人
看到满是绞刑架的山丘
此刻正百合盛开
而墙上则爬满了死刑的藤蔓

我们吃了很多
就像谁也无须付钱

* * *

它很新鲜
像是今天的
表面有浓浓的鲜血
像海鱼一般大

他带它到一个个广场展示
一边撒盐
一边高声赞叹

它很新鲜
像是今天的
那些紫色的血管
实际上什么也证明不了

人们走近
用手指摩挲
摇摇脑袋

当把它藏到胸前

那时他真的感到
它很新鲜
还很温暖

它很新鲜
像是今天的
大得不知羞耻

谁会要伤痕

告别城市

烟囱用浓烟敬礼,为这次启程

驳船行驶在河面上,玻璃颤抖,令人失望
白灰在石子路上摆出灰色的花环
灰尘的长发绵延,几乎无尽无休

在岛上,在光线的轰鸣里,在黑色的绳索里
瞎眼的教堂螃蟹流淌着炭黑

合唱团的石头嘴巴
预言家们的头颅、贝壳和骨骼碰撞声
致星星、玫瑰和酒杯的赞美诗留下的纪念物

沿着城市的中央,带着贫寒葬礼的匆忙
装满渣土的驳船,行驶在河面上

小　径

这不是一条真理之路，而不过是一条小径
横亘着棕红色的树根，两侧是大片的针叶树林
森林里满是野浆果和不确定的灵魂

这不是一条真理之路
因为它突然失去了自己的单一性
自此我们生活中的各种目标就已不明

　　往右是泉水

如果选择泉水，就要沿着黄昏的台阶行走
进入渐浓的黑暗，触觉盲目地引领
直到泰勒斯①尊崇的万物之母

---

① 泰勒斯（约公元前624—公元前546），又译为泰利斯，古希腊思想家、科学家、哲学家，希腊最早的哲学学派——米利都学派（也称爱奥尼亚学派）的创始人，"古希腊七贤"之首，西方思想史上第一个有记载有名字留下来的思想家，被称为"科学和哲学之祖"。他的哲学观点用一句话来总结就是"水生万物，万物复归于水"，他认为世界的本原是水。"古希腊七贤"每人都有一句特别有名的格言，而他的格言就是："水是最好的。"

为了最终实现和解
与事物湿润的心灵
与原因的黑暗种子

  向左是山丘

它给人平静和总体观
森林的边界和它黑暗的总和
没有个体的树叶、树干和浆果
没有抚慰人心的知识：森林只是众多森林中的一个

是否真的不能同时拥有
泉水与山丘、思想和树叶
无需魔鬼的火炉、黑暗的炼金术
就把为数众多
转给过于明亮的抽象

寻常死

致塔德乌什·热布罗夫斯基①

我们早先的死亡是什么：
无能为力的白色蚁卵
遗失在森林里，年轻的森林里
在肺的橡树下、心脏的洞穴旁
溪流穿过它奔涌向前，汩汩作响
泉水喷薄——嘴巴畅饮

细小的、轻盈的、白色的
流到里面，坠入胸腔的底部
内部的触觉撤回触角
意识的手电正在熄灭
目光移开，听力丧失

你用被光亮照透的手指
为我持着爱的蜡烛

---

① 塔德乌什·热布罗夫斯基（1916—1965），波兰呼吸病医生，赫贝特的姐夫。

蜡油哭泣，火焰僵直
当蜡烛像刀子一样沉入皮下
盲目的鸟喙敲打肋骨
只为片刻的不死

如果你将目光从柜子移开
从镜子移开，从蜡烛移开
从沉睡的脑袋移开
然后转向主动脉
你会看到心底里的工作

细小的、轻盈的、白色的
现在正撕开虫茧，是蜜蜂

  在为了蜂蜜向上攀爬时
  我清楚地知道六条腿的触觉
  我也知道突然的刺痛
  当它沉睡和梦想的是另一朵花
  而非血管枝杈上黏稠的那一朵

  不是命运，不是雷电，而是昆虫
  将会触及
  就像用硬钳移动松针一样
  ——心灵的蜂巢空空如也

冬日花园

严寒的利爪敲打窗棂
睁开眼睛注视花园
对感官来说纹丝不动的树木
在轻盈的玻璃中飞旋
只有粗心的爪子
用扯下的霜花解释飞行

  失去泥土的贪婪爪子
  在尸体和花朵中挖掘
  为白雪云朵激情澎湃的人们
  在引力的轻盈丝线上
  只有暂时变黑的树干
  只有男低音般喑哑的枝干
  让大地想起还有声音
  在严寒的火焰将它们变聋之前

用菱形、三角形、棱锥体
而不是——不安的线条
用滴血的发丝

而不是布满愚蠢褶皱的丝绸
不是蝴蝶的绿色棺木——
用菱形、三角形、棱锥体
重建智慧花园
平面用钻石扣住网
它不会再呼唤昆虫
参加蜂蜜与毒药的盛宴

迎接严寒
当它用灵巧的鸟喙
为你和鸟儿们取出心灵
就像路上的足迹摧毁鸟巢
并且命令沿着河走
从黑色的树干、沉重的身体中
长出树枝、白色的呼吸
为了我们所有人的梦想原子
重新与空气结为一体

审判的一些细枝末节

犹太公会没有在深夜宣判①
想象需要黑暗
明显与传统不符

一件令人匪夷所思的事
说是亵渎了逾越节②
因为一个没什么威胁的加利利人③
一对宿敌——撒都该人④和法利赛人⑤
观点如此一致,令人心生疑窦

---

① 犹太公会是古代以色列由71位犹太长老组成的立法议会和最高法庭,包括一名大法官、一名副大法官和其他69名成员。福音书中记载,耶稣被捕后连夜受到犹太公会的审判。
② 最后的晚餐就是耶稣与其门徒共进的逾越节晚餐。犹太公会在审判耶稣时无法证明其犯了死罪,就给其定了一个亵渎的罪名。按照古犹太律法,亵渎罪是死罪。
③ 史学观点认为耶稣生于加利利的拿撒勒。
④ 又译为撒杜塞人或撒度该人,是古犹太教一个以祭司长为中心的教派,形成于公元前2世纪,消失于1世纪以后的某个时候。
⑤ 耶稣生活时代盛行的一个古犹太教宗派。

侦办过程属于该亚法①
而生杀权②在罗马人手中
所以为何要召唤那些人影
和呼喊"放了巴拉巴③"的人群

整件事在官员们之间
也就是苍白的彼拉多④和希律王⑤之间上演
行政程序无可指摘
但谁能将此变成一场戏剧

从此那些懦弱的大胡子男人成为背景
还有叫喊着往山上走的人群
山的名字是骷髅⑥

这可以是灰色的
没有激情

---

① 全名约瑟夫·该亚法,撒马利亚人,出身于犹太的法利赛人家庭。在《新约》记载中,他是罗马人指派的犹太大祭司,被认为与耶稣之死有关。《新约》记载,该亚法在耶路撒冷逮捕了耶稣,交由罗马总督彼拉多审判,造成耶稣被处死。
② 原文为拉丁文。
③ 巴拉巴是与耶稣一同被囚禁的一个囚犯。据记载,罗马总督彼拉多将巴拉巴与耶稣一同带到众人面前,问该释放哪一位。结果巴拉巴被释放。
④ 庞提乌斯·彼拉多,罗马帝国犹太行省的第五任总督。他判处耶稣钉死在十字架上。
⑤ 又称希律安提帕斯,古代犹太统治者,大希律王之子,公元 1 世纪时统治加利利地区。
⑥ 指耶稣受难地各各他山。各各他山又名"骷髅地"。

审问天使

当他站在他们面前
在怀疑的阴影里
他还算完整
由光明的物质构成

他头发的爱安①
束成一缕
无辜的发辫

第一个问题之后
两颊已经绯红

刑具和逼问
使血色散开

用铁器、棍棒
慢火

---

① 诺斯替教认为：为了拯救堕落的物质世界，超凡的上帝发出了"爱安"（Aeon），爱安越离越远，最低下的爱安落到世界，可以拯救世上的"属灵人"和一部分的"属魂人"，而"属物质"的人永远无法得到获救的知识。

标注
他身体的边界

击打后背
让脊椎延续
在水坑与云朵之间

几夜之后
作品大功告成
天使的肉嗓子
充满了黏稠的妥协

多么美妙的一刻
当他双膝下跪
化身为罪责
饱含着内容

舌头犹疑在
被打落的牙齿
和坦白之间

他们将他倒挂

从天使的头发里
淌下蜡滴
在地板上汇成
一个简单的预言

来自天堂的报告

天堂里一周工作三十小时
工资较高,物价不断降低
体力劳动并不辛苦(因为引力较小)
砍树和打字相差无几
社会制度稳定,政治清明
天堂里真的比任何国家都好

最初本该是另一番景象——
光环、唱诗班和抽象的阶梯
然而未能将肉体与灵魂彻底分开
它带着血滴和肉丝来到这里
应该得出结论
将绝对的种子与泥土的种子混杂一起
还有一处背离信条,最后一处
只有约翰曾经预见到:你们将靠肉体复活

见到上帝的人为数不多
他只为那些灵魂纯净的人显现
其他人则在听有关奇迹和洪水的公告

终有一天所有人将见到上帝
但那一天何时到来无人知晓

此刻正是周六中午十二点
汽笛轻柔地响起
天堂的无产者们从工厂走出
腋下夹着小提琴般笨拙的翅膀

伦巴第人 *

巨大的寒潮从伦巴第人那里席卷而来
他们安坐于垭口状的马鞍上
如同坐在陡峭的高椅
左手拿着晨祷词
右手持着冰川皮鞭抽打负重的牲畜
篝火的噼啪声,星星的灰烬、脚镫上的垂绳
在指甲下,在眼睑下
异族的血凝成块,像燧石般乌黑坚硬
云杉燃烧,马匹嘶鸣,灰烬
他们把蛇挂上峭壁,在盾牌旁边
挺直身体的人们从北方走来,他们整夜无眠
近乎失明,女人们在篝火上摇晃红色的孩童

巨大的寒潮从伦巴第人那里席卷而来
当他们飞进山谷,他们的影子把青草烧焦
嘴里喋喋不休地喊:"没什么,没什么,没什么。②"

---

* 伦巴第人是日耳曼人的一支,起源于斯堪的纳维亚,今瑞典南部。经过约 4 个世纪的民族大迁徙,伦巴第人最后到达并占据了亚平宁半岛(今日意大利)的北部。

② 原文为英文。

圣邦瓦*琐事

卢瓦尔河①边一座古老的修道院里
(所有树木的汁液都沿这条河流走)
在教堂的入口前
(那不是教堂前厅而是石头的寓言)
在一个柱头上
赤身裸体的马克斯·雅各布②
正被魔鬼和四翼大天使
撕扯

这场搏击的结果
未被公布
如果不在意
旁边的柱头

魔鬼紧握着
雅各布被扯下的手

---

* 法国普瓦图-夏朗德大区维埃纳省的一个市镇。
① 法国最长的河流。
② 马克斯·雅各布(1876—1944),法国诗人、画家、作家和评论家。

允许剩余的部分
在四个无形的翅膀中间
鲜血直流

描写国王

国王的胡子上落满肥油和欢呼
因而变得沉重如一把大斧
它突然出现在死囚的梦里
黑暗之中,在身体的烛台上独自发光

一只用来取肉的手大如一个行省
耕夫在上面舔舐,风帆战船在遨游
执掌权杖的手,因为优雅而枯萎
因为衰老而灰白,就像一枚旧硬币

在心灵的沙漏里,沙子慵懒地流走
脚和鞋被一同脱下,像卫兵一样守在角落
深夜时分,当国王凝固在宝座上
没有子嗣的他失去了第三维度

诗人之家

玻璃上有过呼吸和烤肉的味道,同一张脸反复出现在镜中。如今这里是博物馆。地板的植物都已清除,衣箱也已清空,房间全都打了蜡。整日整夜开窗通风。这通风良好的房子,老鼠也绕行。

卧榻铺盖整齐,但无人愿意在此借宿。

在他的柜子、床铺和桌子之间——一道界限表示主人的缺席,就像手掌的倒模般精确。

马瓦霍夫斯基山谷[*]

尤里乌斯伯爵①带领士兵沿着这条阴影中的山谷向上走。他一身湛蓝、紫红,而胡子则金光灿灿。带着他们往上走,走到鹅耳枥和四月的鸟儿们中间。

直到碰到一群俄国佬,森林里的森林。尤里乌斯伯爵抬起眼,寻找荣耀的阳光。天空密布乌云。他在脚镫上挺起身,伸出脖颈,想从天上扯出一缕光线。突然他的饰绳②变得殷红。他已经想不起那句拉丁语。

现在,在山谷的尽头——有一块灰石头和上帝天使。

---

* 位于波兰下卡吉米日的一道山谷。
① 尤里乌斯·马瓦霍夫斯基(1801—1831),波兰贵族、诗人,1830年参加"十一月起义",1831年率军在下卡吉米日抗击俄国侵略军,并英勇牺牲。
② 指军服上类似绶带的装饰绳。

神父和农民

神父们把农民们带到平坦的高原。像种马铃薯一样把他们整齐地栽下,在酸性的山丘中间,在平缓的土坡上。椴树披上盛装,落叶满地。

农民们想把神父们带到田野。神父们用白色的小手抗拒。他们不喜欢这种异教式的栽种。谁若去了土里,就无法再繁花盛开。椴树披上盛装,落叶满地。

接下来是和教堂的墨丘利①互开玩笑和讨价还价,让他不要拽绳子,不要摇动沉重的心,不要吓唬乌鸦。

---

① 罗马神话中为众神传递信息的使者。

篱 笆

篱笆立在荒草里,狗拴在链子上
以防它们对着月亮狂吠
人们、钟点和啤酒花共同的夜晚
在黑色的绿意中,在潮湿的底部

牧场刚刚开始让青紫变得灰白
农舍立在吱扭作响的门旁
因此清晨时分农夫们走向天边
引领农夫的是他们的大鞋
他们用荸草藤推动小太阳

故乡的魔鬼

一

他来自十世纪初的西方。起初,他喷射能量和各种思想。到处都能听到他的蹄声铿锵。空气散发着魔鬼的气息。这个处女国度,离地狱近过天堂,看来是他的福地。人民动摇的灵魂甚至请求黑火的洗礼。

山丘上钟楼摇荡。僧侣们像老鼠般尖叫。圣水的水罐四处泼洒。

二

众多的城堡和城市被他租赁给点金术士和魔术骗子。他用十只利爪刺入民族健康的肌肉——农民。他深深进入身体,却没有留下痕迹。弑母者们匆忙建起赎罪的礼拜堂。堕落的姑娘们重新抬起头。疯癫者傻笑起来。

天使们的肌肉失去了弹性。人们坠入钝化的道德。

三

硫黄的气味很快离他而去,他开始散发无瑕的稻草气息。他开始酗酒。彻底放弃。如果进入牛圈,他不会给奶牛系上尾巴。夜里甚至不再挑逗女人的乳头。

但他比所有人长寿。像麦仙翁①一样顽固,像牛蒡一样懒惰。

---

① 石竹科麦仙翁属的植物。

装饰的和真实的

来自忧伤教科书的三维插图。他们死一般的苍白,头发干涩,带着空空的箭袋和凋零的酒神杖。他们一动不动,站在贫瘠的岛屿上,在有生命的石头之间,在枝叶繁茂的天空下。匀称的阿芙罗狄忒、被群狗哀恸的朱庇特、畅饮石膏的巴克斯。这是自然的耻辱,是花园的癣疥。

真正的神明只短暂停留,而不愿披上石头的皮肤。庞大的企业——生产惊雷、晨祷、饥饿和金雨——要求超乎寻常的流动性。他们逃离烧毁的城市,乘浪扬帆去往远方的海岛。穿着乞丐的衣衫,反复跨越时代和文明的界限。

被追踪者和追踪者们,汗水淋漓,尖声喊叫,永不止息地追逐逃跑的人类。

图斯库卢姆*

他从未相信船缆里的幸福
所以他买下一座带花园的房屋
终于可以像他们一样
在与大自然的和谐中创作
从青草的高塔上,在不能永生的绿叶中

昆虫们的勤奋,荒草的百年战争
动物的爱情仪式,盲目的杀戮
没有秩序,只有铺满沙子的小路
让人倍感轻松

他迅速退回到如此明确无误的状态
以致无人敢于询问

这次逃亡的耻辱

---

* 古罗马城市,位于罗马附近,西塞罗曾在那里居住并写下了《图斯库卢姆辩论》。

科尔努诺斯*

新的神明们跟在罗马军队后面，保持适当的距离，以便维纳斯扭摆的胯骨和巴克斯控制不住的讪笑，不让人觉得太过不合时宜，特别是当灰烬和那些被甲虫、蚂蚁隆重埋葬的蛮族英雄依然温热的时候。

年老的众神从树后观察新神们跨进他们的土地，没有好感，但不无赞叹。没有毛发的身体很苍白，显得孱弱，但非常诱人。

尽管有语言障碍，峰会仍如期举行。几次会议之后，势力范围已经划就。年老的众神对外省的二流职位颇感满意。利用各种庆典的机会，将他们的样貌刻成石像（松软的砂岩），跟征服者的众神并列。

给双方合作投下真正阴影的是科尔努诺斯。实际上他听从朋友们的劝说，接受了拉丁语的词尾，但是他那分叉且不断生长的双角，无法用任何花环遮掩。

因此他久住在密林深处。人们时常在黄昏时分的林间空地上看到他。他一手拿着羊头蛇，另一只手在空气中刻画着无人能懂的符号。

---

* 凯尔特人的繁殖之神和动物的主人，而对于高卢人来说，科尔努诺斯则是主宰地下世界的神。他的形象总是呈坐姿，右腿弯曲，头上长着鹿角，手里拿着蛇。—— 原注

宫殿对面的高山

米诺斯宫①对面的高山
像一座希腊剧院
悲剧背靠岩石峭壁
席间尽是芳草与好奇的橄榄树
为这废墟鼓掌赞叹

大自然与人类的命运之间
真的没有本质的关联
人说荒草讥讽灾难
那是悲观和动摇者的臆念

一种情况很独特：两条平行线
永不相交，直到永远

坦率地说，就这么简单

---

① 位于地中海上克里特岛的古代宫殿遗址。

岸

他在河边等待,河水宽阔而舒缓
卡戎①在河的对面,天空一片昏暗
(其实这本非天空)
卡戎已经抵达,把缆绳抛上一根树枝
她(那灵魂)吐出一枚
在舌下早已变酸的铜钱
坐到空船的船尾
这一切都沉默无言

哪怕有一点月色
或者一声犬吠

---

① 希腊神话中冥王哈得斯的船夫,负责将死者渡过冥河。

库拉提亚·狄奥尼西亚

石头保存完好
铭文(污损的拉丁文)上说
库拉提亚·狄奥尼西亚享年四十
自己出资,竖了这个简朴的小石碑
孤独的石碑延续着她的盛宴
停住的酒杯,没有笑容的脸
为沉重的鸽子
生命的最后几年,她在不列颠尼亚度过
在那些被捕的野蛮人的墙下
在仅存地基和地窖的古罗马兵营[①]里

她从事女人最古老的生意
第三军团的士兵们和一个年老的军官
曾短暂而真诚地为她哀悼

她让石匠在她的肘下放两个枕头

海豚和海狮象征远行
虽然地狱距此只有两步之遥

---

① 原文为拉丁文。

尝试解构神话

众神在郊外的营房里集合。宙斯的讲话像往常一样冗长而乏味。最终的结论是:组织应该解散,毫无意义的秘密活动已经够了,应该融入这个理性的社会,并且生存下去。雅典娜在角落里哭泣。

最后的收入得到诚实的分配——这一点应该强调。波塞冬情绪乐观,他大叫说,能应付一切。那些规整的溪流和被砍伐的森林的保护神感觉最糟。所有人都悄悄寄希望于梦,但谁也不想明说。

没有任何结论。赫尔墨斯对投票犹豫不决。雅典娜在角落里哭泣。

深夜时分大家回到城里,兜里放着伪造的文件和一把铜钱。在过桥的时候,赫尔墨斯跳进河里。大家目睹了他的溺水,但没人出手相救。

观点彼此分歧,这是个坏兆头,还是相反,是个好兆头?无论如何这是一个出发点,通往一个全新的、不确定的未来。

缺少绳扣

克吕泰涅斯特拉①打开窗户，在玻璃里仔细审视，自己的新帽子是否戴好。阿伽门农在门厅里等着妻子，点燃一根烟。埃癸斯托斯走进门。他不知道阿伽门农昨夜已经回来。他们在台阶上相遇。克吕泰涅斯特拉建议去剧院。从此他们将经常同行。

厄勒克特拉②在合作社工作。俄瑞斯忒斯在学习药学。不久就要和自己那个粗心大意的女同学结婚，那个同学面色苍白，总是泪眼蒙眬。

---

① 克吕泰涅斯特拉为斯巴达王后海伦的双胞胎姊妹，在希腊神话中是阿伽门农的妻子。她野心勃勃，在丈夫参加特洛伊战争时和情夫埃癸斯托斯一起统治迈锡尼。战争结束后，阿伽门农回国，成为她统治迈锡尼的一大障碍。于是她设计杀死了阿伽门农。最后她被自己的儿子俄瑞斯忒斯所杀。

② 希腊神话中迈锡尼公主，阿伽门农的女儿。阿伽门农从特洛伊胜利归来，被妻子和她的情夫杀害后，厄勒克特拉与弟弟一起设计复仇，终于杀死了自己的生母。

黎　明

　　黎明前，夜色最浓重的一刻，传来第一声沉闷又尖厉的声响，像是刀砍在了什么东西上。然后，时间一分一分地流淌，各种声响渐次增强，砍击着夜的树干。

　　看起来，这毫无希望。

　　为光明而战者都极其脆弱。

　　而当大得超乎现实、万分痛苦的血色的树木剪影显露在地平线上时，我们不要忘记感激奇迹。

她梳理自己的头发

睡前,她在镜前梳理自己的头发
持续很久,永无尽头
在第一次和第二次弯肘之间
多少时代已经流走。
第二奥古斯塔军团①的士兵们
罗兰的伙伴们,凡尔登的炮兵们
都从她的发丝间悄悄撒落
她用有力的手指
确定头顶上的光环
这持续了如此之久
以致当她终于
迈着蹒跚的步履
开始向我前进
我那一直听话的心脏
突然停住
而皮肤上冒出
粗大的盐粒

---

① 古罗马军团名。

句　点

　　表面看，那是可爱的面颊上的一滴雨珠；是暴风雨来临时，叶面上一只一动不动的甲虫。是一个可以赋予生机，可以抹去，可以撤销的东西。更像一个拖着绿色阴影的车站，而不是终点。

　　实际上，我们费尽心力去驯服的句点，是沙子中竖起的一根骨头，是砰然的关门声，是灾难的信号，是自然力的标点符号。人们用它时应该谨慎，带着应有的庄重，就像每一次，人们要替代命运之时。

手　表

当手表里有一只蚂蚁、两只蚂蚁或者三只蚂蚁,一切都还正常,没有什么威胁我们的时光。在最糟糕的情况下,人们会把手表拿去清洗,这实际上毫无意义。如果蚂蚁做窝,就无法将它们彻底清除。它们肉眼难见,浑身通红,而且非常贪婪。

一段时间之后,它们开始快速繁殖。可以形象地说,我们手腕上戴的已经不是手表,而是一座蚁丘。那些贪婪下巴的工作被我们当成了嘀嗒声。

为寻找食物,蚂蚁翻遍了静脉。晚上从内衣的褶皱里,我们抖搂出一堆红褐色的血球。

当蚂蚁的工作结束时,手表通常会停止。但可以把它留给孩子们。然后一切就从头开始。

中国壁纸

一座无人岛,上面有个圆锥形的火山。平静的水面中央,一个渔夫擎着钓竿,周围芦苇成片。往上看,岛屿像一棵苹果树铺展开来,岛上有宝塔、小桥,恋人在桥上相见,头顶是正在萌芽的新月弯弯。

假如就此终止,那会是一个美丽的片断——用几个字涵盖的世界历史。但这画面无休止地重复,带着未经深思熟虑的、执着的精确——火山、恋人、月亮。

没有什么比这更冒犯世界。

遇到灾难时的实用策略

　　这通常很单纯地始于一次难以察觉的地球自转加速。应该立刻离开家，不要带任何亲人。只带几样必需品。尽量远离市中心，靠近森林、大海或者高山，在分分秒秒不断加剧的自转运动没有开始从内部埋葬，在隔离区、衣柜和地下室里扼杀之前。坚决留在外圈。把头埋低，保持双手自由，保护好双腿肌肉。

莱茵河畔大师圈中无名作者描绘的我主受难图

  他们的嘴脸十分丑陋,双手却很灵活,习惯于锤头和钉子、金属和树木。他们正将耶稣基督、我们的主钉在十字架上。干活的声音叮叮当当,得抓紧,好在中午之前一切就绪。
  那些马上的骑士——是悲剧的装饰。面容冷漠。长长的尖矛仿佛没有枝杈的树木,这座山上光秃秃。
  那些优秀的工匠——如人们所说——将我们的主钉在十字架上。绳索、钉子和磨工具的石头,都整齐地摆放在沙子上。一片忙乱,但并没有过度的紧张。
  沙子很温暖,仔仔细细、一粒一粒地画出。随处生长着坚挺的草丛和让人赏心悦目、洁白无瑕的野雏菊。

* * *

我们在词语上入眠
从词语中醒来

有时是些
柔和简单的名词
森林或者轮船

它们正离我们远去
森林飞速退往
地平线之外

轮船也在驶开
没有痕迹和由来

危险的是那些
从整体中分离的词句
名言中的只言片语
被遗忘的赞歌里
叠句开始的几句

"得到救赎的将是那些……"
"记住,你要……"
或者"怎么"
小巧而刺人的别针
把世界上最美的
却被遗失的比喻
连在一起

应该耐心地梦想
希望将内容补齐
那些缺少的词句
会重回到残缺的句子里
而我们所盼望的确定性
也终将落锚

为何经典

为 A. H. 而作①

一

在《伯罗奔尼撒战争史》第四卷中
修昔底德②讲述自己失败的远征史

在统帅们冗长的演讲中
在战斗、围困和瘟疫之间
在缜密的阴谋网里
这个插曲像森林中的
一根大头针

---

① 安格莉卡·豪夫（1922—1983），奥地利电影和戏剧演员，马克斯·赖因哈特的学生。5岁开始在维也纳国家歌剧院跳芭蕾舞，从童年开始出演大量奥地利和德国电影。与电影相比，戏剧在她一生中地位更为重要。从1955年开始，她在维也纳城堡剧院演出，直至生命终结。——原注

② 修昔底德（约公元前460—公元前400），雅典人，古希腊历史学家、文学家和"雅典十将军"之一，其所著《伯罗奔尼撒战争史》在西方史学史上占有重要地位。

雅典殖民地安菲波利斯①
落入了布拉希达斯②之手
皆因修昔底德救援来迟

为此他以终生放逐
向故乡赎罪

历代放逐者都深知
这是怎样的代价

二

最近几场战争中的将军们
如果发生类似的丑闻
将会跪倒在后人面前大声哀号
夸耀自己的骁勇善战
和无辜

他们会抱怨自己的下属
妒火中烧的同僚
还有不利的风向

而修昔底德只说

---

① 马其顿斯特里蒙河上的古希腊城市。
② 斯巴达将军，曾率军围攻雅典建立的殖民城邦、位于爱琴海以北色雷斯沿海的安菲波利斯。

他有七条船
那是在冬天
航行得很快

三

如果艺术主题
是一只打碎的水罐
一个破碎的小灵魂
带着对自己的巨大遗憾

我们身后留下的
将有如恋人们的哭泣
在狭小肮脏的饭店里
当壁纸上晨光泛起

将会怎样

将会怎样
当双手
从诗篇上脱落

当我在其他山中
饮用干枯的水

那应该是冷漠的
但并非如此

诗篇会怎样
当呼吸离去
当声音的青睐
被彻底抛弃

我是否要放开桌子
下到山谷
那里新的笑声
正在黑暗的林边
爆发